橋の上の子どもたち

もくじ

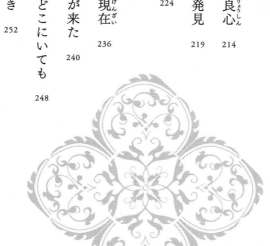

1　ふたりはいっしょ

ねえ、ラク、話すのはいつだって簡単《かんたん》なのに、書くのってむずかしいね。

「手紙を書いてごらんなさい」って、セリーナおばさんは机《つくえ》に紙を置《お》いた。ゴミの中から拾ったクシャクシャの紙切れを、ゴシゴシ洗《あら》って形を整え、リサイクルした紙。鉛筆《えんぴつ》だって、短いのをつなげたものだ。

「ものを取っておくのが好《す》きなんですね」あたしはいった。

セリーナおばさんのいかめしい顔に笑《わら》いじわができた。「捨《す》てるのはいやなの」

おばさんはあたたかな茶色い手を、あたしの肩《かた》にのせた。

「どうして手紙なんか書かなくちゃいけないんですか？　住所を知っているわけでもないのに」

「書けばきっと届《とど》くわ」おばさんはいった。

「あたしとセリーナおばさんは正反対ですね。おばさんはどんなことも、だれのことも、信《しん》じるでしょ。信じる心でいっぱい」

「そうよ。だけど、あなたの心もいっぱいでしょう。だれにもいっていない気持ちや、だれにも伝《つた》えていない思いでいっぱい」

たしかにそう。ここの人たちにはなんにもしゃべっていないもの。あたしが話したいのは、ラク、あなたとだけよ。

もしかしたら、手紙を書くのもいいかもしれない。

もし読めるなら、なんて書いてほしい？

おとぎ話を聞きたいんでしょう？　あの古い橋の上で、毎晩《まいばん》寄《よ》りそいながら語ったお話を。〈むかしむかし、姉さんと妹が魔法《まほう》の国をおさめていました〉で始まって、〈ヴィジとラクはいつまでもいっしょです〉で終わるお話を。

もちろん作り話よ。

だけど、ほんとの話か作り話かなんて、どうでもいいんだよね。ラクにとっては、だれにも見えない、だれにも聞こえないものが真実なんだもの。

あたしがお話を語り終えると、ラクはこういうの。「ヴィジとラク、いっしょ？」

「そう、いつまでもね」あたしは自信たっぷりにいう。

ふたりがいつまでもいっしょにいること。それは、あたしが信《しん》じていた数少ないことの一つだった。

2　くさりかけのくだもの

ラク、あなたはあたしの妹みたいに感じていたでしょ？　見開いた目や上を向いた鼻のせいで、見た目だって年下みたいだった。話し方はたどたどしいし、背中《せなか》が丸まっているからあたしより背が低《ひく》いけれど、ラクはあたしより一つ年上。

あたしたちは父さんがいい人だったときに生まれたんだと思う。父さんはいい人だったって母さんはいっていたから。昔はね。

昔の父さんを想像《そうぞう》するのはすごくたいへん。あたしは想像力があるほうだけど、それでも父さんがいい人だったなんて、まったく想像できない。

せいぜい、まだくさりきっていないくだもの、くらいかな。黄色い皮にきたない斑点《はんてん》が出てきた、まるまるしたマンゴー。

八百屋の屋台からくだものを選《えら》ぶようにして、母さんは父さんを選んだんだろう。熟《う》れすぎたくだものだから、八百屋もただでくれたんだ。悪いところを少し切り取れば、残《のこ》ったところは十分甘《あま》くておいしいと、母さんは父さんを品定めしたんだろう。

だって母さんは父さんを選《えら》んだんだもの。ふたりはお見合《みあ》い結婚《けっこん》じゃなかった。

父さんは母さんに魔法《まほう》をかけたんじゃないかな。そうして家族から引《ひ》き離《はな》した。おかげで母さんはずっと実家の家族には会えないでいる。母さんがいうには、自分より低《ひく》いカースト（インドのヒンドゥー教《きょう》に伝《つた》わる身分階級のこと。さまざまな差別《さべつ》が根づいている）の男と駆《か》け落《お》ちするなんて、家族は恥《はじ》をかかされたとカンカンなんだって。

母さんの家族の話はそれしか知らない。苗字《みょうじ》も知らないし、どこに住んでいるのか、きょうだいは何人いるのかも知らない。知っているのは、うちとは関《かか》わるつもりはないってことだけ。父さんの家族は――いるのならだけど――父さんがこういう家庭を築《きず》いていることすら知らないと思う。

もし知っていたら、助けてくれたかもしれないってときどき思う。でも、なんにもしてくれないか、近所の人や学校の友だちみたいに、してほしくないことしか、してくれないかもしれない。あたしたちは道を歩くとクスクス笑《わら》われたり、ひどい言葉を投げつけられたりした。ラクはすごく落ちこんで、ますます背中《せなか》を丸めて歩くものだから、まるで頭を胸《むね》に隠《かく》そうとしているみたいだった。

あたしの十一歳《さい》の誕生日《たんじょうび》に、学校から帰ったら、コンロの上でごちそうでいっぱいのなべがぐつぐついっていたのでびっくりした。

「母さん、料理《りょうり》したの!?」母さんが夕食を作れるくらい体調がいい日はうれしい。「パヤサム（米や細麺《ほそめん》などと牛乳《ぎゅうにゅう》で作ったプリン）まで作ったの？」アパートの部屋じゅうにただよう甘《あま》いにおいを、あたしは思い切り吸《す》いこんだ。

「これだけじゃないのよ」母さんは米袋《こめぶくろ》の下の隠《かく》し場所《ばしょ》から、小さな小銭袋《こぜにぶくろ》を取り出した。「二百ルピー入っているから、好《す》きなものを買いなさい」

「二百ルピー！」あたしはあんまり驚《おどろ》いて、くるぶしまであるロングスカートのポケットに入れる前に落っことしそうになった。

「食費《しょくひ》と家賃《やちん》として父さんからもらうお金を、少しずつためておいたのよ。本当は自分でなにか用意してあげたかったんだけれど、プレゼントの買い物に行くには、体がいうことをきかないし、あんたのほしいものもわからなかったから」

「これがいちばんよ、母さん。ありがとう」

「おかし」ラクがいった。「ラクのおかし」

「ごはんを食べてから」と、母さん。「ふたりともね」

母さんはお皿にごはんをもり、ピリッと辛《から》いあつあつのラサム（トマトと豆のスープ）をかけた。母さんは食べ始めたのに、ラクは腕組《うでぐ》みをしたまま、料理《りょうり》を見つめているだけ。

「ほら、食べて、ラク」あたしはラサムのかかったごはんをスプーンですくって、ラクに食べさせようとした。

「いや！　おかし！　おかしぃぃぃぃ！」ラクは叫《さけ》んだ。

「大きい声出さないで、ラク。ね？　食べたら、夜、お話ししてあげる」

「おはなし？」ラクは静《しず》かになった。

母さんはそんなあたしをにっこり見つめている。

ちょうどみんながごはんを食べ終わったとき、父さんのドスンドスンという足音が聞こえた。よろめきながらアパートの階段《かいだん》をのぼる足音を聞けば、あたしたちはどうすればいいかわかるのだ。

「部屋へ入って。早く」と、母さん。

「おかし」ラクはぼそっといったけれど、手はあたしの手をにぎった。ふたりで部屋へ逃《に》げこんで、真っ暗な中、身を寄《よ》せ合《あ》っていた。父さんが母さんをどなりつける声が聞こえてくる。あたしたちは体をゆらしながら、お互《たが》いのぬくもりを感じていた。

その夜、父さんは母さんの腕《うで》の骨《ほね》を折《お》って、家から飛《と》び出《だ》していった。「病院へ行かなくちゃ」母さんが部屋へやってきた。痛《いた》みで声をふりしぼっている。「ラクといっしょにいて。もしラクを見られたら――」

母さんは最後《さいご》までいわなかった。いわなくても、もう何百回もいわれたことだからわかるの。病院の人にラクを見られたら、「精神病棟《せいしんびょうとう》」に閉《と》じこめられてしまうって、母さんはおびえている。

ラクはマラパチという名前の木の人形を抱《だ》いて、マットレスに丸まった。あたしはおでこをなでてあげた。

月の光が、さびついた窓《まど》の鉄格子《てつごうし》をすり抜《ぬ》け、本を照《て》らした。パルバティ先生が学校をやめる前にくれた本だ。あたしはよくクラスで一番を取ったけれど、ほかの先生にこんなに親切にしてもらったことはない。

本を開き、ふるえる声で読んだ。低《ひく》いカーストの貧《まず》しい少女が、世間がこうだと決めつけた人生にさからう物語だ。

「この女の子みたいに、人生って変《か》えられると思う？」あたしはラクに聞いた。「パルバティ先生もそう。スブも。少なくともスブの家族はそう。みんな今よりいい人生にしようと、大きな街《まち》へ出ていったの」

スブは学校でのたったひとりの友だちだった。長い顔とやせた体つきのせいで、葉っぱみたいにか弱く見えたけれど、あたしたちをからかう子たちをしかりつけてくれた。

「スブに会いたいなあ。ね、ラク。スブもあたしたちに会いたがっているかな？」

ラクの返事はいびきだった。

ラクが眠《ねむ》ってくれてよかった。でもあたしは眠れずに、いろいろと考えをめぐらせていた。母さんが、どうしてこんなけがをしたのか、病院のだれかにいってくれないかな。そうすればすぐにうちに助けが来てくれるのに。

でも、絶対《ぜったい》にいわないだろうな。

3　約束《やくそく》

つぎの日、母さんは何事もなかったかのような顔をしていた。

ラクはそうはいかない。

「いたいいたい」と声を上げると、母さんの折《お》れていないほうの腕《うで》をポンポンたたき、折れた腕をつっている三角巾《さんかくきん》をなでた。

夜になると、いつものように酒くさい息を吐《は》きながら、目を充血《じゅうけつ》させた父さんが帰ってきて、ひびの入った台所のカウンターに、新聞紙でくるんだ包《つつ》みを二つ置《お》いた。「娘《むすめ》たちへのプレゼントだ」

「まあ、ありがとう!」母さんの声はわざとらしい。

「ゆうべは取《と》り乱《みだ》してすまなかった」父さんは母さんのあごを指でくいっと持ち上げた。

「もう二度としない。約束する」

母さんの目に希望《きぼう》の光が見えた。また裏切《うらぎ》られるに決まっているのに。

あたしは急に大声でわめきたくなった。父さんっていうより、母さんに。〈いったい何回約束《やくそく》をやぶられたか、忘《わす》れちゃったの?〉

父さんは包《つつ》みの一つをあけ、ラクの目の前でバングル（腕輪《うでわ》または足輪）を二本ぶらぶらさせた。ラクが手をのばすと、さっと引っこめた。

「取ってみろ!」父さんはバングルを一本、ラクの頭の上でふり、ラクがゆっくりと手を上げようとすると、もう一本のバングルをいきおいよく投げた。バングルはラクに当たり、床《ゆか》にカランカランと転がった。

ラクはつかまったネズミみたいに、悲鳴を上げた。

父さんは笑《わら》った。

こんなことをして、なにがおもしろいの? 信用《しんよう》したラクをからかうなんて。

父さんがもう一つの包みを投げてよこしたとき、あたしは受け取ろうとしなかった。腕を組んだまま、包みが床に落ちるのを見ていた。

「ふたりとも、取るのが下手ねえ!」母さんがはりつめた糸のようなかん高い声でいった。

「のろまなのさ」父さんがいった。「ひとりは手がのろい。もうひとりは頭がのろい」

「のろまなんかじゃないもん！」あたしは包《つつ》みを拾って父さんに投げつけた。

父さんは鼻《はな》の穴《あな》をふくらませて、あたしをひっぱたいた。

「お願《ねが》い、やめて」母さんが懇願《こんがん》した。「子どもだけは」

そのときラクが飛《と》び上《あ》がって、父さんとあたしのあいだに、木の人形をつっこんだ。

父さんはラクをけっとばした。

ラクを。

あたしは頭にきて、父さんに飛びかかった。ラクも加《くわ》わり、ふたりで組みついた。父さんはよろけ、あおむけにひっくり返りざま、ラクの顔をなぐった。

父さんが床《ゆか》に頭を打ちつけて、頭がこなごなになる前に、母さんが父さんを受けとめた。

「子どもだけはやめて」母さんがたのみこんだ。

父さんはぶつぶついった。

きっとまた向かってくると思ったけれど、意外にも父さんは自分の部屋へはっていくと、ぐーぐー寝《ね》てしまった。

あたしのほっぺたに痛々《いたいた》しいあざが広がっていたんだろう。ラクはあざのふちに指をはわせて、「いたいいたい」といった。自分のけがのことはなんにもいわずに、「ヴィジ、かわいそう」といった。

母さんは折《お》れていないほうの手でタオルをつかみ、壺《つぼ》の中の冷《つめ》たい水にひたすと、血が流れているラクのくちびるに当てた。ラクはもだえていたけれど、こうすれば痛くなくなるからねと、あたしがいった。

「逃《に》げようよ」あたしは母さんにいった。「どこかよそへ行こう」

「どうやって生きていくっていうの?」

「なんとかなるよ」

「父さんなしではどうにもならないわ。教育を受けていない、手に職《しょく》もない女なんて、だれも雇《やと》ってくれやしない」母さんはあきらめきった声でいった。「これ以上《いじょう》いい返さないでちょうだい、ヴィジ。またあんたたちに手を出されたら、たまらないから」

「父さんはいつも母さんに暴力《ぼうりょく》をふるってる。それが、こんどはあたしたちにまで向かってきたんだから、もうどうしようもないよ」

母さんはなにもいわなかった。ずっとうなだれていたけれど、ようやく顔を上げてあたしの目を見た。あたしがいったことは正しいって、わかったみたい。

「あんたたちが痛《いた》い目《め》にあうのは耐《た》えられないけれど、どうやって止めたらいいんだか」

母さんは、台所の壁《かべ》でおだやかにほほえむ神様や女神様《めがみさま》の絵を見つめた。まるで今にも神様たちが飛《と》び出《だ》してきて、助けてくれると思っているみたいに。

「わかってちょうだい、ヴィジ」母さんは父さんに懇願《こんがん》するのと同じ調子で、あたしにいった。「約束《やくそく》したのよ……いい奥《おく》さんになるって……なにがあっても。出ていくなんてできない」

だけど、ラクをこんな目にあわせたからには、もうここにはいられない。

母さんのふるえるあごを見ていたら、あたしは母さんとは全然《ぜんぜん》ちがうって思えてきた。母さんは、何事もがまんすれば、死後に幸せな世界が待っていると信《しん》じている。だけど、この世で苦しみしかくれない神様が、あの世でいいことをしてくれるなんて、あたしにはとうてい思えないよ。

今よりいい未来《みらい》がほしければ、自分で人生を変《か》えなくちゃ。今すぐ。

母さんとのちがいを考えれば考えるほど、ラクを守れるのはあたししかいないって確信《かくしん》した。母さんは、父さんがあたしたちをぶつのを止めようとしなかった。懇願しただけ。

あたしは絶対《ぜったい》に母さんみたいにはならない。だれにも、なんにも懇願《こんがん》したりするもんか。

母さんと父さんがまだ眠《ねむ》っている夜明け前、あたしは目をさまして、音もたてずにいちばんいいブラウスとくるぶしまでのスカートに着替《きが》えた。腰《こし》にはひもつきのバッグを結《むす》びつけた。母さんからもらったお金が入っている。それからあたしとラクそれぞれの通学用リュックに、シーツ、タオル、服の着替えをつめこんだ。あとは石けん、くし、歯《は》みがき粉《こ》の入ったピンクのプラスチック容器《ようき》をラクのリュックに入れ、台所からバナナ――ラクの大好《だいす》きなくだもの――をひとふさ取ってきて、自分のリュックに入れた。

荷物は重かったけれど、パルバティ先生からもらった本を置《お》いていくわけにはいかない。この本を持っていけば、先生がいってくれたほめ言葉といっしょにいられるものね、と、無理《むり》やりリュックに押《お》しこみながらひとりごとをいった。

それから、ラクを起こした。

「シーッ。しゃべっちゃだめよ、ラク。服を着替えて。出ていくの」

まだ眠くてまぶたがあかなかったけれど、ラクはいうとおりにしてくれた。夢《ゆめ》を見ているようだったのかもね。

すり足で玄関《げんかん》へ行く途中《とちゅう》、ラクはとまどったような目で、両親の部屋を見た。

「かあさん？」と、ラク。

数少ない幸せな思い出が、あたしの心できらりと光った。真っ暗な部屋に、太陽の光がさしこんだように。ラクにビーズのネックレスの作り方を教えてくれた母さん。夜、あたしたちのベッドの横にすわって、あたしが語るお話に耳を傾《かたむ》けてくれた母さん。

ほんの一瞬《いっしゅん》、あたしは迷《まよ》った。だけど、ラクのくちびるの傷《きず》を見て、父さんのそばにいる限《かぎ》り、ラクは父さんから暴力《ぼうりょく》を受けつづけるんだって、思い直した。

今すぐ出ていかなくちゃ。恐怖《きょうふ》や迷いに気持ちがくじけないうちに。

4　家出

ラクはなんの疑問《ぎもん》も持たずにあたしについてきてくれたけれど、学校へ行くいつもの道とちがうほうへ曲がると、こういった。

「がっこう?」

「ちがうの、ラク。新しいところへ行くの。もっといいところ」

「いいところ?」

「遠い遠いところ。ラクとあたしとで」

「ラクとヴィジ、いっしょ?」ラクはあたしの手をふわりとにぎった。

手をつないでいると、勇気《ゆうき》が出てくる。やがて村の大通りへ出た。大きな街《まち》へ行ったり来たりするバスが、轟音《ごうおん》をたてて走る道だ。

バス停《てい》では女の人がひとり待っていて、牛の反芻《はんすう》のように、おとなしくかみタバコをかんでいる。足元には、山盛《やまも》りのココナツが入った大きなかごが置《お》いてある。

「街《まち》へ行くバスを待っているんですか？」ここでいいのか確《たし》かめようと、あたしはふるえ声で聞いた。

「アーマーム（そうだよ）」女の人は、はれあがったあたしの顔をなめるように見てから、ラクの切れたくちびるに目を移《うつ》したけれど、なんにもいわなかった。

バスはすぐに来た。赤い土ぼこりがまい上がり、ラクはくしゃみをした。女の人はココナツのかごを頭にのせると、バスに乗った。

「おいで、ラク」

「いや」ラクはがんとして動かない。

「ラク、早く！」あたしはバスのステップを上がった。

「いや、いや、いや、いや」ラクは叫《さけ》びつづける。

運転手が早くしろとばかりに、クラクションを鳴らした。

「お菓子《かし》あげるから」といって、ぐいっと引っぱる。「街に着いたら、お菓子あげる」

ラクは体をよじって、あたしの手をふりほどいた。

「乗らないなら、おりろ！」運転手が大声を上げた。「これ以上《いじょう》待っていられない！」

バスが走りだした。

あたしは飛《と》びおりた。

そうしたら、ラクが飛び乗った。

「ヴィジ――――！」ラクはバスから身を乗り出している。

あたしは真っ青になって、バスを追いかけた。

車掌《しゃしょう》がピーッとホイッスルを吹《ふ》いてバスを止めてくれなかったら、とうてい追いつけなかった。

あたしはバスに乗り、今すぐにでもラクをバスから引きずり出して、家へ逃《に》げかえりたいという衝動《しょうどう》をなんとかおさえた。

車掌がこっちだよと、ラクを通路のうしろのほうへつれていってくれた。

「おかし？」座席《ざせき》にすわるとラクはいった。あたしはラクのとなりにすべりこむ。

「まだ」息を整えながら、あたしはいった。「お菓子《かし》はまだよ、ラク」

車掌はあたしとラクを見ると、ポケットに手をつっこみ、緑色のかたいあめを取り出した。とけて形がくずれている。

ラクは緑色が大好《だいす》きなので、顔をゆがめてにーっと笑《わら》った。

「ありがとう」と、あたし。「ご親切にどうも」

「礼なんかいいんだ。街《まち》へ行くのかい？」

「はい」

車掌《しゃしょう》はふたり分の切符《きっぷ》をくれた。

あたしはふるえる手で腰《こし》のひもつきバッグをあけた。手がふるえているのは、緊張《きんちょう》もあるけれど、料金《りょうきん》の高さにショックを受けたせいもある。切符代でお金のほとんどが消えた。

ラクはあめの包《つつ》み紙《がみ》をむくと口に放りこみ、窓《まど》の外を通りすぎる緑の田んぼを見つめた。あたしたちが永遠《えいえん》に家から離《はな》れたことを、ラクはわかっているのかな？〈きのう〉とか〈今日〉とかいう言葉は、ラクにとってどういう意味があるんだろう？ラクの時間の感覚《かんかく》は、あたしとはちがう。

「マラパチ？」ラクはリュックをかきまわして、木の人形を取り出し、しばらくおしゃべりしていた。それからまたリュックへもどし、あたしの肩《かた》にドサッともたれかかった。バスがゆれるにつれ、ラクのまぶたは重くなった。

ラクが眠《ねむ》っているあいだ、あたしの心はゆれていた。こんなことをしてよかったんだろうか？街へ着いたら、どこへ行けばいいの？どうやったら生きていける？

5　ガラスのかけら

バスがガタンと止まったひょうしに、ラクはパッと目覚《めざ》めた。

「着いたよ」あたしはできるだけ元気な声を出した。

屋外のバスターミナルには人がたくさんいて、大声でしゃべったり、笑《わら》ったり、いい争《あらそ》ったりしている。行商人の手押《ておし》車《ぐるま》に山のように積《つ》まれたグアバの熟《う》れたにおいに、バスのディーゼルエンジンの煙《けむり》のにおいがまざり合っている。ラクはマラパチを胸《むね》に抱《だ》いて、木の頭をなでている。

どっちへ行こうかなと迷《まよ》っていると、すぐうしろから声がした。「こんなところにいたのか」

あたしはさっとふり向いた。

バスの運転手だった。あまりの近さに、首元に熱《あつ》くてくさい息がかかるのがわかる。

「仕事がほしいんだろ？　金か？　おれが街《まち》を案内《あんない》してやろう」

返事なんかしない。

「こいつの名前は？」運転手は親指でラクをさした。

直接《ちょくせつ》ラクに聞かれなくて助かった。ラクはあたしみたいに疑《うたが》い深《ぶか》くないからね。こんなやつとは話さないに限《かぎ》る。

あたしは足を速めたけれど、運転手はついてくる。

「いっしょに来い」そういうと手をのばして、あたしの腕《うで》をがっちりつかんだ。

「放して！」あたしはもがいた。「放してよ！」

そばにいた何人かがこっちを見たけれど、だれも止めようとしない。

あたしは運転手のすねをけろうとして――空振《からぶ》りした。

「なにしやがる、このうすよごれた下層《かそう》カーストのガキが！」運転手があたしの腕をねじり上げたので、あたしはヒーッと息をのんだ。

「だめ」ラクの声だ。「だめ！」

ラクは腕をふり上げると、全身の力をこめて、堅《かた》い木の人形を運転手に投げつけた。

マラパチはボカンといい音をたてて、運転手のおでこに命中した。運転手が「いてーっ」といって力をゆるめたすきに、あたしは手をふりほどいた。

そしてラクとふたり、走って走って、人ごみの奥深《おくふか》くへ逃《に》げた。

もうだいじょうぶかなとふり返ると、運転手の姿《すがた》は見えなくなっていた。それでも、もっと離《はな》れたほうがいいと思い、バスターミナルの向こうの道路をわたろうと決めた。

車がとぎれるのを待つ。じっと待つ。

車や歩行者がこんなにたくさんいるのを見たのは初《はじ》めてだ。耳をつんざくようなクラクションを無視《むし》して、車の流れにつっこんでいく人や、向こうからつっきってくる人がいる。不思議《ふしぎ》なことに車にぶつかる人はいない。あたしはラクを引《ひ》き寄《よ》せ、リキシャ（三輪《さんりん》タクシー）が通りすぎたあと、オートバイが来る前にと足をふみ出した。が、もう少しでオートバイに足をひかれそうになった。

「だめ、だめ、だめ！」ラクはあたしの手をぎゅっとにぎった。

「行け！」うしろでだれかがどなった。

この場にふさわしくない、カランコロンというカウベルの音が聞こえた。大きな白い牛が車の川をわたり始めると、車は止まって牛に道をゆずった。

「いいこ」ラクはまるで自分の家の動物のように、牛の横《よこ》っ腹《ぱら》に手を当てた。牛も気にしていないようだ。

牛の巨体《きょたい》に隠《かく》れて、あたしたちもなんとか道の向《む》こう側《がわ》へわたることができた。

「いいこ」ラクは両手で牛の首をなでた。

「そうね、いい子ね。だけど、さっきのバスの運転手は悪い人よ、ラク。もっと遠くへ行かなくちゃ」

そこで、少し人通りの少ないわき道へ入った。両側《りょうがわ》にはうちのアパートのような、荒《あ》れ放題《ほうだい》の建物《たてもの》が並《なら》んでいる。ベランダにわたしした物干《ものほ》しロープに、タオルや下着や色あせたサリー（インドなどの女性《じょせい》が着る民族衣装《みんぞくいしょう》）がかかって、はためいている。

角を曲がると、そこはもっとせまい通りで、掘《ほ》っ建《た》て小屋《ごや》のような食べ物屋が並んでいる。その中にぐらぐらと建てつけの悪いカウンターがあり、男の人が、ガラスのコップから別《べつ》のコップへ、湯気の立つチャイ（インド式の甘《あま》いミルクティー）を注いでいる。泡《あわ》がコップのふちまで、もこもこと上がってくる。ラクの目はくぎづけだ。

「休憩《きゅうけい》しようか」あたしはいった。「さっきいったお菓子《かし》じゃなくて、甘いチャイはどう？」

「チャイ」ラクも賛成《さんせい》した。

お金がほとんどなかったので、一杯《ぱい》だけ注文した。ガラスのコップを両手で持つとあたたかく、くちびるにふれた泡《あわ》はくすぐったい。お金を出したかいがあったと思った。

あたしはゆっくりとすすり、ラクにわたした。「気をつけて、ラク。熱《あつ》いよ」

ところが、すべりやすいガラスのコップをラクがしっかり持たないうちに、うっかり手を離《はな》してしまった。ラクは金切り声で「あーっ！」と叫《さけ》んだ。

あたしは縮《ちぢ》み上《あ》がって、地面でこなごなになったコップと、ふたりのスカートのすそに飛《と》び散《ち》ったチャイを見つめた。

「きれい」ラクはきらきら光るガラスのかけらに手をのばした。

「さわっちゃだめ！」あたしはラクの手をつかんだ。「とんがってるんだよ、ラク！　痛《いた》い痛いになっちゃうよ！」

「いたいいいたい」ラクはむくれたようにくり返した。

チャイ屋の主人が顔をしかめた。「そのコップ、いくらすると思ってるんだ？」

そんなに高くはないはず。でも、あやまろうと口を開いたとき、別《べつ》の考えが浮《う》かんだ。

「あの、コップを弁償《べんしょう》するかわりに、働《はたら》かせてください」

「いいだろう。じゃ、そのへんを片《かた》づけてくれ」主人は両手を腰《こし》に当てた。「それが終わったらキッチンへ行って、女房《にょうぼう》の手伝《てつだ》いだ」

「わかりました」あたしはいった。

「ヴィジ？」ラクはよくわからないっていう声を出した。

「だいじょうぶよ、ラク」ぎゅっと抱《だ》きしめる。

「最初《さいしょ》の仕事を見つけたの」

6　チャイ屋

店の裏手《うらて》にあるせまいドアをあけて、小さなキッチンをのぞいてみると、トウガラシを熱《ねっ》するにおいが鼻をくすぐった。

しわくちゃの灰色《はいいろ》のサリーを着た女の人が、コンロから顔を上げてあたしたちを見た。体はごつごつと骨《ほね》ばっているけれど、目はやさしそう。

「コップをわっちゃったんです」あたしは説明《せつめい》した。「弁償《べんしょう》するかわりに働《はたら》いているんです」

女の人はサリーのはしで顔の汗《あせ》をぬぐった。

「なら、食器洗《しょっきあら》いを手伝《てつだ》ってくれる？」命令《めいれい》じゃなく、依頼《いらい》だ。

「わかりました、奥様《おくさま》」

「おばさんと呼《よ》んどくれ」女の人はほほえみを浮《う》かべて、手まねきした。「奥様なんて呼ばれるほど、お金持ちじゃないよ」そういって、よごれたコップやお皿の山を指さした。

あたしは棚《たな》の下に荷物を置《お》いた。棚の上には、富《とみ》の女神《めがみ》であるラクシュミーがピンクのハスの上にすわっている絵がある。女神はこのチャイ屋の夫婦《ふうふ》にはまだ富をもたらしていないようだけれど、神棚はよく手入れされていた。絵の上にはジャスミンの生花が飾《かざ》られているし、火のついたお香《こう》も立ててある。女神のとなりには、おばさんと同じ目をした若《わか》い女性《じょせい》の写真があり、やはりジャスミンの花飾りで飾られている。

流しへ歩いていくと、チャイ屋のおばさんはいった。「まだ水道は出ないよ。バケツを使って」

流しの下に、水でいっぱいの緑色のプラスチックのバケツがあった。皿のよごれをこすりとるためのココナツの殻《から》と、粉石《こなせっ》けんもある。

「使いすぎないで。さもないとわたしら、旦那《だんな》にしかられるから」と、おばさん。

あたしの名前も知らないのに、〈わたしら〉っていってくれてうれしい。

「バケツの水もあと一杯《ぱい》しかない。あしたの朝四時になるまで水道は出ないんだよ」

「街《まち》ではいつでも好《す》きなだけ水道が使えると思ってた」あたしはいった。

「街なんて最悪《さいあく》さ。だけど、旦那は街に住みたいんだから、どうしようもないだろう?」

おばさんはラクをあごでさした。「きょうだいかい?」

「はい。あたしはヴィジ。こっちはラク」

「気《き》の毒《どく》に」おばさんはラクを哀《あわ》れみのまなざしで見た。ちょっと腹《はら》が立ったけれど、口をぎゅっと閉《と》じていた。これくらいどうってことないよ。もっとひどいことをいわれたかもしれないし、そうなっていたら、あのフライパンの油みたいに怒《いか》りが煮《に》えたぎっていたかもしれないんだもの。

「どこから来たの？」

コップをゆすぐ。

「家出かい？」

「はい」隠《かく》したってむだだ。あたしのはれあがった顔とラクの切れたくちびるを見れば、だれにだってわかる。だけど、くわしいことをいって、さらに同情《どうじょう》を買うようなことはしたくない。

熱《あつ》い油から煙《けむり》が上がってきたため、おばさんはコンロへもどり、バーダ（ドーナツのようなスナック）の生地《きじ》をボールのように丸め始めた。

いくつも作らないうちに、ラクがやってきて生地をつまみ、おばさんがやるように手のひらで丸めた。

「うまいじゃないの！」おばさんはびっくりした。

「前にバーダを作ったことがあるんです」そんなに驚《おどろ》かなくてもいいのにと思った。ラクが意外にいろんなことができるってことは、学校の先生も知らない――パルバティ先生は別《べつ》だけど。母さんだって本当はあまり知らない。「ラクは器用《きよう》なの。ビーズのネックレスを作るのも好《す》きなんですよ」

「ラク、ビーズすき」ラクはボールをつぶして完璧《かんぺき》なドーナツ型にした。舌先《したさき》をちょろっと出して集中している。「ラク、おてつだいする」

「あれまあ、上手だ！」おばさんはいった。

ラクがバーダ作りを手伝《てつだ》っているあいだ、あたしは皿洗《さらあら》いを続《つづ》けた。

ラクは調子っぱずれの鼻歌を歌い始めた。あたしは急に家が恋《こい》しくなった。珍《めずら》しく週末《しゅうまつ》に父さんがいなかったとき、母さんの体調がよくて、三人でいっしょに食事の支度《したく》をしたっけ。

皿洗いが終わるころには手が冷《ひ》えきっていたけど、食器《しょっき》はピカピカになった。チャイ屋の主人は、まあ十分働《はたら》いただろうと認《みと》めてくれた。

「あんたたち、だいじょうぶ？」おばさんは主人に聞こえないように声をひそめて聞いてきた。

「だいじょうぶです」あたしはいった。

おばさんはホッとした顔で、大きなバナナを二本ラクに持たせ、バーダをいくつかバナナの葉っぱに急いでくるむと、あたしの手に押《お》しつけた。そして、裏口《うらぐち》をあけた。

外へ出ると、そこはビニール袋《ぶくろ》やわれた空《あ》き瓶《びん》が転がる、うらぶれた路地だった。

7　迷子《まいご》の子犬

あてもなく路地を歩いていると、だんだん日が落ちてきた。ひと足ごとに、あたしの気分も落ちてきた。

残《のこ》りのお金をいじりながら、これであとどのくらい生きられるのか考えた。変《へん》なプライドがじゃまして、チャイ屋のおばさんに身の上話をしなかったことを後悔《こうかい》した。どこへ行けば安全なのか教えてくださいって、たのめばよかった。

「マラパチ、どこ」ラクがこわい顔でいった。

「なくなっちゃったの。ラクが悪い人に投げたでしょ？」

「マラパチ」ラクの声がもっと強くなった。

「ラクがあたしを助けてくれたじゃない。かっこよかったよ」

「マラパチ！」ラクは叫《さけ》んだ。

「人形なんかより、大事なことがあるの！」あたしも爆発《ばくはつ》した。

「かあさん！」ラクは背中《せなか》を向けた。「かあさん！」

「母さんもいない。ふたりだけなの」

ラクはきたない道にどすんとすわった。

「いいよ。すわっていて」

「かあさん、どこ！　マラパチ、どこ！」

「わめいたって、母さんもマラパチもいないよ」

ラクがにらんだので、あたしはぷいっとそっぽを向いてずんずん歩きだした。どうせついてくるだろうと思ったのに、ついてこない。離《はな》れたところでしばらく待っていたけれど、ラクはそこにすわったまま、満足《まんぞく》げな顔をしている。

今回はラクの勝ち。

あたしがもどると、ラクは、大きな黒い目をしたやせっぽちの子犬を見おろしていた。

「ラク、犬から離れて。かまれるよ」

あたしの声を聞くと、子犬はしっぽで地面をたたいた。ラクは人差《ひとさ》し指《ゆび》で子犬をなでた。

「いっしょに来て。ね？」あたしはいった。

ラクは子犬に鼻歌を歌い始めた。子犬はピンク色の舌《した》でラクをなめた。

「ごめんね、ラク」

いつもならあやまれば許《ゆる》してくれるのに、聞こえないのか、ラクは動こうとしない。

あたしはラクのとなりにしゃがんだ。

子犬は笑《わら》っているみたいに鼻にしわを寄《よ》せて、まっすぐあたしを見た。

思わずなでちゃった。なめらかな毛並《けな》み。子犬はしっぽをふって、あたしの手のにおいをかいだ。

「ラクのいぬ」

あたしはため息をついた。「まともに食べるものも寝《ね》るところもないっていうのに、この野良犬《のらいぬ》を飼《か》おうっていうの？」

「カティ」ラクはそういうと、子犬の頭をポンポンとたたいた。「カティ」

「カティ？　そういう名前にするの？」

犬は置《お》いていこうなんていってもむだだ。あたしも置いていきたくないし。だって、カティは笑ってくれたんだもん。ラクもこんなに幸せそうだし。ラクの目は子犬のぬれた鼻みたいに、キラキラ光っている。

「いいよ」あたしはいった。「だけど今は、寝《ね》るところを見つけなくちゃ」

「おいで」ラクは立ち上がると、子犬を手まねきした。「おいで、カティ」

カティは耳をピンと立てて、ラクのいうことが全部わかるみたいに、となりに立った。

「どこへ行けばいいか、わからないんだ」あたしは白状《はくじょう》した。「ラクが決めて」

ラクは見たこともないにこにこ顔になって、路地を歩きだした。ああ、今までラクに先頭に立ってもらったことはなかったなと、胸《むね》のうずきを感じながら、あたしはついていった。

道の曲がり角のゴミ箱のかげで、男の子が三人、ぼろぼろのむしろ（わらなどで編《あ》んだかんたんな敷物《しきもの》）の上で身を寄《よ》せ合《あ》って夜に備《そな》えていた。働《はたら》いている子どももいた。信号《しんごう》で止まる車の中の人に、新聞を売ろうとしているのだ。

うす暗い道を、カティがついてきてくれるのは心強い。あやしいやつらを追っぱらうには小さすぎるかもしれないけれど、寝ているところへだれかがこっそり近づいてきたら、ワンワンほえてくれるだろう。

寝るところが見つかれば、だけど。

巨大《きょだい》な広告板《こうこくばん》の下を通った。実際《じっさい》よりずっと大きい女性《じょせい》が、金のアクセサリーで身を飾《かざ》っている。バングル、ネックレス、イヤリング、鼻ピアス、金のヘアクリップまでしている。

「きれい」ラクは立ち止まっていった。「きれいね？」

〈お手ごろ価格《かかく》の金製品《きんせいひん》〉と広告《こうこく》には書いてあるけれど、ネックレスの値段《ねだん》はゼロが多すぎて数える気にもならない。「ゼロが四つで万。そのつぎの桁《けた》はなに、ラク？」

「いつつ」ラクは即答《そくとう》。「よっつ、いつつ」

「そうね」あたしはにっこり。「四のつぎは五だよね。どっちみち何万ルピーなんて手に入るわけないんだから、そのつぎの桁なんて関係《かんけい》ないよね」

広い通りをぶらぶら歩いていたら、川へ出た。橋が二本かかっている。一本は街灯《がいとう》が灯《とも》って車がたくさん通っている。もう一本の橋は明かりもなく、使われていない。

あたしたちは使われていない橋へ向かった。前はりっぱだっただろう橋のたもとには、左右にコンクリートのライオンが立っていて、そこから橋の両側《りょうがわ》に、くずれかけた壁《かべ》がのびている。今夜寝《ね》るにはぴったりのところだ。この街《まち》で人目を避《さ》けるには、いちばんいい場所かもしれない。

「気をつけて」ぼろぼろの橋にあいた穴《あな》ぼこをよけながら、あたしはいった。

「きれい」ラクははるか下を流れる川の、ガラスのかけらのようなきらめきを指さした。

橋の真ん中まで来たとき、仮《かり》の住まいになりそうなものが見えた。防水《ぼうすい》シートでテントが作られていたのだ。橋の壁《かべ》にのせたシートのはしを、いくつかの石でおさえてある。そこからシートをななめにおろし、もう一方のはしを古い車のタイヤでおさえてある。なかなかいい作りだ。壁があり、スロープの屋根があって、出入り口は二つ。

「だれも住んでいないみたい。ここで泊《と》まろうか?」あたしはいった。

「ラク、たべたい」ラクはバナナをがつがつ食べ、カティとあたしはバーダを平らげた。あしたのために取っておかなくちゃと考える間もなく、食べ物はなくなった。

すっかり暗くなってきていたけれど、橋の向こうから男の子がこっちへやってくるのがわかった。ヒマワリみたい、と思った。一回も、くしでとかしたことがないようなもじゃもじゃの髪《かみ》が、ヒマワリの花びらのように顔のまわりに広がっていて、やせた体に不釣《ふつ》り合《あ》いな大きな頭に見える。ぶかぶかの黄色いT《ティー》シャツとぼろぼろの短パンを身につけ、麻《あさ》袋《ぶくろ》と木の棒《ぼう》を持っている。

「ワナカム(こんにちは)」あたしたちより小さい子だとわかってホッとしながら、あたしはあいさつした。

「どけ」男の子はワナカムとあいさつを返すかわりにそういった。

「ちょっと、失礼《しつれい》じゃない？」あたしはいった。

「ここにいたらボスが来る。そしたら……」男の子は宙《ちゅう》をパンチした。「シュッ、シュッ。痛《いた》い目にあうぞ」

「シュッ」ラクは男の子の言葉をまねした。「シュッ、シュッ」

男の子はラクを見てにっこりした。

それからあたしのほうを向いて、思い切り背《せ》のびした声でいった。「もうすぐボスが、仲間《なかま》をつれてくる」

「仲間？」暗闇《くらやみ》に目をこらしたけれど、人っ子ひとり見えない。

「十人――いや、二十人だ。おいらより十倍もでかい」

「うそつきね」あたしはいった。

「いたいいたい！」ラクが男の子のひざのかさぶたを指さした。

「だいじょうぶ」男の子はそういうと、あぐらをかいてすわり、T《ティー》シャツを引っぱって、やせてごつごつしたひざを隠《かく》した。「もう痛くない」

カティが男の子のにおいをかぎ、なめた。

「おいらはムトゥ。この犬はなんていうんだ？」

「ラクのいぬ」ラクは得意《とくい》そうにいうと、まるでおいでといわれたかのように、ムトゥのすぐとなりにすわった。「カティ」

ムトゥはおそるおそるカティをポンポンとたたいた。そして、あたしたちのうしろを見ていった。「ほら！　ボスが来た」

8　廃墟《はいきょ》の橋で

ムトゥと同じようにやせているけれど、あたしより頭一つ分は背《せ》の高い少年が、橋を歩いてきた。赤みがかった黒髪《くろかみ》はぼさぼさ。肩《かた》に麻袋《あさぶくろ》をかつぎ、ムトゥのよりずっと太くて長い棒《ぼう》を持っている。

「だれだ？」背の高い少年がいった。

「あんたこそだれ？」あたしはうんと背のびしながらいった。

「いっただろ」と、ムトゥ。「おいらのボスだ」

「おれたちの橋でなにをしている？」少年がいった。

「おれたちの橋？　だったらなんでもっといい橋を造《つく》らなかったの？　あっちのみたいな」といって、新しい橋をさした。

カティがとことこやってきて、背の高い少年のはだしの足のにおいをかぎ、しっぽをふった。

ラクが少年に笑顔《えがお》を向けながら自分の胸《むね》をたたき、「ラク」といった。つぎにあたしをつついて、「ヴィジ」といった。

「おれはアルル」少年の顔にパッと笑みが浮《う》かんだけれど、すぐにけわしい表情《ひょうじょう》にもどった。「おれたちはここに住んでる」

「あたしたちも」

「出ていけよ」アルルは、か細い声でいった。ムトゥが見ているから、強気の態度《たいど》を見せないとまずいと思っているみたいだけど。

「もう外に出ているわよ、わからない？」あたしは星空に両手をふった。下では川がきらめいている。「ここで寝《ね》るのに、あんたの許《ゆる》しはいらないでしょ。この橋は父さんからの遺産《いさん》ってわけじゃないでしょ」

「シートは自分で見つけろ」つまり、いてもいいってことよね。

「ここにいるの、許すの、アルル？」ムトゥがいった。

「いるわよ」あたしは、にやっと笑《わら》いかけた。「許すとか許さないとか関係《かんけい》なく」

アルルはカティの耳のうしろをかくと、テントの中へ消えた。ムトゥも四つんばいになってついていった。

比較的《ひかくてき》ごつごつしていない場所を見つけると、あたしはシーツを広げた。石の路面の固《かた》さは変《か》わらなかったけれど。

「かあさん」ラクはまわりを見まわした。川から母さんが出てきて、橋の穴《あな》から飛《と》び出《だ》してくるとでも思っているのかな。「かあさん?」

あたしは両手でラクを抱《だ》きしめたけど、ラクは大声で「かあさん」と呼《よ》びつづけるばかり。

カティがラクに寄《よ》りそい、ラクはカティの前足をつかんだ。カティはいやがらない。いつも人形にしていたように、ラクはカティを抱き寄せ、やっとシーツに横になった。

「おはなし?」

きっと聞きなれたお話をすれば、ラクの気持ちは母さんから離《はな》れるだろう。あたしも、このごつごつした路面が気にならなくなるかもしれない。

男の子たちに聞かれたくなかったから、ひそひそ声を出した。「むかしむかし、姉さんと妹が魔法《まほう》の国をおさめていました」

「ヴィジとラク」ラクがわりこんだ。

「そう。あたしたちよ。昔はふたりともお姫《ひめ》さまでした。朝になると鳥のさえずりで目を覚《さ》まし、クジャクのダンスを見るのです。緑の庭の真ん中には池があって、白いハスの花が星のように明るく輝《かがや》いています。池からは銀色の小川が流れ、お城《しろ》の門を越《こ》えて、王国をうるおしていました。

　このきらきら光る小川の水はだれでも飲めましたから、王国にはのどがかわいている人はだれもいませんでした。残酷《ざんこく》な人もいませんでした。けんかする大人もいませんし、子どもはみんな、好《す》きな人形やおもちゃを持っています」

「にんぎょう」ラクはくり返した。またマラパチがほしいっていうんじゃないかとびくびくしたけれど、それ以上《いじょう》はいわなかった。

「朝の時間には、ラクは美しいビーズのネックレスを作り、ヴィジは本を読みました。本は数えきれないほどありました。午後にはふたりで馬に乗ります。速くかけると、空を飛《と》んでいるかのようでした」

　いつもは馬のことをもっとくわしく話したり、すばらしい果樹園《かじゅえん》のくだものについて話したりするけれど、今夜はちょっと変《か》えて新しいお話を加《くわ》えた。

「ある日、こわい悪魔《あくま》が王国に呪《のろ》いをかけました。草木はしおれ、鳥は歌うことをやめ、小川はかれてしまいました。

悪魔《あくま》はヴィジとラクをつかまえようとしましたが、ふたりは逃《に》げて、悪魔に見つからない新しいすみかを見つけました。

そこにずっといるわけではありません。大きく強くなったら出ていきます。ふたりで悪魔と戦《たたか》い、呪《のろ》いをといて、逃《に》げ出《だ》した王国へもどり、またお姫《ひめ》さまになるのです。ヴィジとラクは」最後《さいご》のせりふ。「いつまでもいっしょです」

「ヴィジとラク、いっしょ？」ラクが聞いた。

「そう、いつまでもね」

「ヴィジとラク」ラクはくり返した。「いつまでもいっしょ」

ふたりを守る屋根も壁《かべ》もなく、あたしは不安《ふあん》で仕方なかったけれど、ラクは幸せそうだ。

ラクは空を指さした。「みて。ヴィジ」

「屋根がないと、きれいなお星さまがよく見えるね、ラク？」あたしはいった。

「きれい」ラクもいった。

肩《かた》を寄《よ》せ合《あ》って横になり、夜空にきらめく星々を見つめた。カティは横で眠《ねむ》っている。

ラクの目もきらきらと輝《かがや》き、あたしの不安な心の霧《きり》に、光が一筋《ひとすじ》さしこんだ。

9　大笑《おおわら》い

川からひんやりした風が吹《ふ》いてきて、スカートのすそをはためかせ、あたしは目覚《めざ》めた。おなかがグーッと鳴った。腹《はら》ぺこのトラみたい。家にいたらふたりして起き上がり、朝ごはんを作っただろう。貧《まず》しかったけれど、少なくとも食べるものはいつもあった。

ラクも目を覚ましたけれど、やっぱり空腹《くうふく》にちがいない。チャイ屋へ行って、また働《はたら》かせてもらえるかどうか聞いてみよう。

カティが鼻を鳴らしながら目を覚ました。ラクの顔をかぎまわるので、ラクは体を起こした。

「かあさん？」ラクがつぶやいた。

「あたしたちだけよ。覚《おぼ》えてないの？」

「ヴィジ、おうちかえる？」

「もうここがおうちなの。お話の中みたいに、ふたりだけのすみか」

「まあね。ここではなんでもあたしたちの自由だから、お姫《ひめ》さまみたいなもんね」

ラクは首をのばして、廃墟《はいきょ》になった橋をお姫さまのように見まわした。下の川では、人々が水浴《みずあ》びしている。あの男の子たちも岸にいるのが見えた。

あたしはリュックの中から、着替《きが》えと洗面道具《せんめんどうぐ》とタオルと水のペットボトルを取り出した。そしてラクといっしょに、川へおりていった。カティも足元についてくる。

近づいてみると、川はきれいではなかった。銀色というより灰色《はいいろ》に見える。

アルルが岩から川へ飛《と》びこんだ。ぷかぷか浮《う》かんでいる古い段《だん》ボール箱《ばこ》を両足でけっている。カティがうれしそうにキャンキャンいって川に飛びこんだかと思うと、まだ岩の上で立っているムトゥのほうへもどっていった。

カティが体をブルブルふって、水しぶきがムトゥの顔にかかると、ムトゥは声を上げて笑《わら》った。「これでも顔を洗《あら》わなくていいな。おまえ、かしこい犬だな」

「いいこ」ラクがうなずいた。「ラクのいぬ」

「泳ぎたい？」ムトゥがラクに向かってにっこりした。「水は冷《つめ》たくて気持ちいいぞ」

「だめ」と、あたし。「ラクは泳げないの」

「楽しませてやろうぜ！」アルルが歩いて岸に上がってきた。「深いところにはつれていかないから」

ムトゥは両手で水をすくって、ラクの背中《せなか》にたらした。ラクはクスクスと笑《わら》って、服を着たまま川へ入っていった。

「心配するな」と、アルル。「危《あぶ》ないことはさせない」

ラクはゴミが浮《う》かんでいることなんか気にもとめずに、川をザブザブと歩いていった。カティがラクのまわりを泳ぎまわっている。

ラクがこんなに楽しそうでなければ、すぐに引きずって岸へ上げただろう。ラクは、あたしが手を引かなくても、男の子たちといっしょにずんずん川へ入っていくので、ちょっとムカッときた。だけど、ラクがこんなにたやすくだれかと友だちになるなんて初《はじ》めてだ。これはうれしい変化《へんか》。今までずっと、まわりの子たちはあたしたちきょうだいに冷《つめ》たかったからね――スブだけは別《べつ》だけど。アルルはなんとなくスブに似《に》ている。

「石けんいる？」あたしは男の子たちに聞いた。

「いい」とムトゥ。「おいらの体、もういいにおいだから！」

でもアルルはほしがったので、あたしは川へ入っていった。そして、みんなで服を着たまま体を洗《あら》いだした。

川から上がると、あたしはタオルを一枚《まい》さし出した。アルルはお礼をいって受け取ったけれど、ムトゥは太陽でかわかすからいい、といった。

あたしとラクは茂《しげ》みの向こうでぬれた服をぬぎ、持ってきたスカートとブラウスに着替《きが》えた。指に歯《は》みがき粉《こ》をつけて歯をみがき、ペットボトルに残《のこ》っている最後《さいご》の水で口をすすいだ。


橋にもどると、服とタオルの水気をしぼり、石でおさえて太陽でかわかすことにした。

「おなかすいた」ラクが大きな声でいった。

「ごめんね。なんにもないの。なんか探《さが》しにいこう」と、あたし。

「バナナ、ない？」

「ごめん、ない」

「パパイヤ？」ラクはあきらめない。

「ない」

「グアバ？」

「ない。ザクロもない。パラミツ（巨大《きょだい》な南国のくだもの。ジャックフルーツ）もない。オレンジもない。サポジラ（干《ほ》し柿《がき》に似《に》た香《かお》りのくだもの。チューインガムノキ）もない。スイートライムもない。なんにもない」

「ない、ない、ない」ラクはくり返した。だんだん速く、だんだん大きく、だんだん腹《はら》を立てた声になってきた。「ない、ない、ない、ない！」

「ない、ない、ない」ムトゥも加《くわ》わる。

ラクはぴたっと口を閉《と》じ、ムトゥを見つめた。

「いっしょに歌おうぜ、ラク」ムトゥがいった。「ない、ない、なーい！」

カティが顔を上げ、「ワオ～～～」と遠ぼえを始めた。

「なーい！」ラクが手をたたいて笑《わら》った。「なーい、なーい、なーい」

前にもラクが笑うのを見たことはあるけれど、こんなんじゃなかった。こんなに爆発《ばくはつ》するみたいに大笑いするのは初《はじ》めてだ。それに、両手で口を隠《かく》さないで笑うのも初めて。前は楽しむことを恐《おそ》れているみたいに、口を隠していたから。

今は、ムトゥと同じように、頭をのけぞらせて笑っている。ふたりと一匹《びき》が、凶暴《きょうぼう》なジャッカルの一団《いちだん》よろしく声を張《は》り上《あ》げているのを聞いていたら、たとえ空腹《くうふく》のホームレスだとしても、あたしが家を出たのは正しかったと思えた。

10　じゃま者

　チャイ屋へ向かって歩いていると、街《まち》は徐々《じょじょ》に目覚《めざ》めてきた。女性《じょせい》たちは忙《いそが》しく一日の仕事を始めている。家事の前にまず、玄関先《げんかんさき》にコーラムと呼《よ》ばれる飾《かざ》り絵《え》を描《か》いている。

　一軒《けん》の家の前では、お母さんが女の子に、どうしたら米の粉《こな》を均等《きんとう》に指のあいだから落として、なめらかな白線のもようが描《えが》けるのか教えていた。ラクは立ち止まって、うっとりとながめていた。

　チャイ屋に着くと、主人は泡《あわ》の立つチャイをいれていた。ラクはまっすぐ裏手《うらて》のキッチンへ行きたがったけれど、あたしは主人が気づいてくれるまで待っていた。礼儀《れいぎ》正《ただ》しくてまじめに仕事をする子たちだとわかってくれたら、きっとまた働《はたら》かせてくれる。こんどはお金をくれるだろう。

「あっちへ行け！」主人が叫《さけ》んだ。

　だれを追《お》い払《はら》っているんだろうと、うしろをふり返った。

「おまえだ！」主人がわめいた。「店に犬を近づけるな！」

「この子はいい犬で……」といいかけたけれど、主人はこぶしをふり上げた。

カティがウーッとうなった。あたしはカティを抱《だ》き上《あ》げ、もぞもぞと動く体をぎゅっと抱きしめた。

「おばさん！」ラクが大声を出した。期待どおり、チャイ屋のおばさんがキッチンのドアをカチャッとあけて、手まねきしてくれた。

あたしたちは店からなるべく離《はな》れたところを歩いて、カティを下におろした。カティは前足に頭をのせると、目をつぶった。

おばさんはちょっとおびえたようなほほえみを浮《う》かべながら、中へ入れてくれた。「ラクはビーズが好《す》きだっていったよね？」

おばさんがラクにじゃなくあたしに聞いたのでカチンときたけれど、そんな気持ちはすぐに消えた。パンパンにふくらんだ袋《ふくろ》をあたしの手に持たせてくれたからだ。袋の中には、宝石《ほうせき》のような美しいビーズがたくさん入っていた。きちんと結《むす》んだ、より糸の束《たば》もある。

「ありがとう」あたしは大きく息をついた。「ラク、おばさんがくれたものを見て」

ラクもあたしと同じように、色とりどりのビーズの輝《かがや》きに目をパチパチさせた。そしてすぐに床《ゆか》にすわって、ネックレスを作り始めた。

「ヴィジ、コンロのなべを見ていてくれたら、そのあいだに、この子にビーズ手芸《しゅげい》を教えてあげるよ」

「はい、お願《ねが》いします」

おばさんはラクのとなりにすわると、きれいな結《むす》び目《め》やふさの作り方をいろいろと教えてくれた。おばさんは、ときどきドアのほうを気にしてちらっと見ていたけれど、チャイ屋の主人はあらわれなかった。

ラクがとっても幸せそうだったので、できればずっとここにいたかったけれど、やがてそうもしていられないと思い、ラクに、仕事を見つけにいかなくちゃといった。

あたしはペットボトルに水を満《み》たし、チャイ屋のおばさんは、ビニール袋《ぶくろ》に入れたバナナとバーダをくれようとした。

「いいんです、きのうたくさんもらったし」

「大人に口答えしないの」そういって、さらにほかのものも持っていくようにいった。レインコートだ。「娘《むすめ》のだったんだよ」そういうと、女神《めがみ》の絵のとなりにある、若《わか》い女の人の写真に目をやった。「死んだときにほとんどの持ち物は手放したんだけどね、これはまだ新しくて――なかなか、手放せなくてね。でも、もういいの」

「おばさん、ありがとう」あたしはこの短い言葉に、ありったけの感謝《かんしゃ》の気持ちをつめこんだ。

外に出るとき、おばさんもいっしょに出てきていった。「あそこへ行ってごらん。お金持ちが住んでる地区さ」おばさんは、林立するビルの向こうを指さした。寺院の塔《とう》がそびえているのが遠くに見える。

「メイドの仕事があるかもしれない。だけど、気をつけなくちゃいけないよ。あんたたちみたいな貧《まず》しい女の子に、世の中はそんなに甘《あま》くはないからね」

裏《うら》の路地は、きのう見たときほど荒《あ》れ果《は》てた感じじゃなかった。ラクとカティといっしょに歩いていると、ぼろを着た女の子にスカートのすそをつかまれた。

「なんかちょうだい」女の子は哀《あわ》れな声でいった。「弟に食べさせなくちゃいけないの。ほら」女の子はうしろで眠《ねむ》っている、真《ま》っ裸《ぱだか》の小さな男の子をさした。

この子たちも逃《に》げてきたのかな?

「カース　クドゥンガ、アッカ（お金ちょうだい、お姉さん）」女の子は泣《な》きべそをかいた。

「お金、ないんだ」これはまったくのうそとはいえない。

「おかね」ラクがあたしの腰《こし》につけているバッグをたたいた。

うそはいけないね。ラクはうそをついたことないもんね。

「あげられるお金はないのよ、ラク」

ラクは涙《なみだ》でよごれた女の子の顔をのぞきこむと、たちまち目に涙をためた。

「わかった、わかった」あたしはバッグのひもをほどいた。ところが、お金を取り出そうとしたとたん、女の子の骨《ほね》ばった手がバッグをつかみ、ぐいっと引っぱった。「だめ！全財産《ぜんざいさん》なんだから！」

女の子は飛《と》びのくと、弟をほったらかしてはだしで走りだし、角を曲がって消えた。

カティがキャンキャンほえながら追いかけたけれど、あたしは呼《よ》びもどした。疲《つか》れて走れないってわけじゃないけれど、あんな哀《あわ》れな声の、あんな目をした子のことを追いかけるなんてできない。それに、どっちみちお金だってちょっとしかなかったんだから。それより仕事だ。

寺院へ行く道すがら、いくつかの小さな店——道路ぞいの掘《ほ》っ建《た》て小屋《ごや》——で仕事を探《さが》してみた。あざやかな色の服や安いサリーを売る店。ハエが飛《と》びまわるくだもの屋。寺院の近くのいい香《かお》りのする花屋では、小さな女の子がふたりすわって、ジャスミンの花輪《はなわ》を編《あ》んでいた。

この短い時間で、今までの人生で会った人数よりたくさんの人々を見た。だけど、だれもあたしたちに気づかない。

視界《しかい》には入っているんだろう。

でも、目に留《と》まらないんだ。

11　オレンジ

やっと寺院に着いたころには、背中《せなか》には汗《あせ》が流れて、ブラウスが肌《はだ》にぴったりくっついていた。このあたりは街《まち》でも静《しず》かなところだ。街路樹《がいろじゅ》がつらなり、塀《へい》で囲《かこ》まれた大きな家が建《た》ち並《なら》んでいる。塀の上には、ガラスの破片《はへん》がいくつもコンクリートに埋《う》めこまれている。塀を乗《の》り越《こ》えようとすれば、手のひらが傷《きず》だらけになってしまうだろう。

「きれい」太陽の光でガラスが色とりどりに光るのを見て、ラクが手をのばした。「きれい」

「だめ、ラク！　痛《いた》い痛い！」

寺院の近くに、広大な庭に囲まれた家を見つけた。庭にはいろいろなくだものの木がある。マンゴー、ココナツ、バナナ、パラミツ、背の低《ひく》いオレンジの木もある。塀が低いから見わたせるのだ。〈ラクシュミー・ハウス〉と書いてある表札《ひょうさつ》も出ていた。

「見て、ラク。ここの人たちってすごいお金持ちで、時間もたっぷりあるから家に名前までつけてる！」あたしはいった。「だけどもっとお金がほしいみたい。富《とみ》の女神《めがみ》の名前を家につけてるんだもん！」

鉄の門がさそうように開いた。カティが走っていく。

あたしたちは砂利道《じゃりみち》をざくざくふみしめながら、玄関《げんかん》へ向かった。ところが、ほんの数歩行ったところで、オレンジをもいでいた老人《ろうじん》がどなった。「おい！　なにをしている？」

老人はあたしたちを上から下までじろじろと見た。お屋敷《やしき》に入る前に、髪《かみ》やスカートをなでつけておけばよかった。

「仕事を探《さが》しているんです。それで――」

「物乞《ものご》いか？」老人はオレンジを持つ手をふった。「うせろ！」

「物乞いじゃありません」あたしはムッとしていった。「仕事を探しているといったでしょう？　家の仕事ならできるし――」

「きたならしい犬をつれてお屋敷に入っていけば、仕事がもらえると思っているのか？　わしはここの庭師《にわし》だ。ご主人様がどうするか教えてやろう。警察《けいさつ》を呼《よ》ぶ。それだけだ！」

「警察？」

「そう！　だから出ていけ」

砂利道《じゃりみち》の向こうの小屋から音がした。驚《おどろ》いたことに、車が出てきた。

「おうち？」ラクが指さした。「おうち？　くるまの？」

「ガレージというんだ」庭師《にわし》がいった。

車は邸宅《ていたく》の玄関前《げんかんまえ》で止まった。スパンコールのたくさんついたサリーを着た女性《じょせい》が、玄関から出てきた。そのうしろから、白いレースのワンピースを着た少女が、スキップしながら出てきた。

「うわあ！」少女が声を上げた。「なんてかわいいワンちゃんなの！」

「出ていけ」庭師があたしたちを追いかけようとするみたいに、こぶしをふり上げた。

「プラバ、その犬に近づかないで。野良犬《のらいぬ》よ」と、女性がいった。

あたしはラクの手を引いて、足早に門から出た。

なにかがヒュッと頭をかすめた。あたしはびっくりして首を縮《ちぢ》めた。あの庭師、仕事をしていますってふりをするのに、石まで投げるなんて。

かすめたものがドサッと落ちた。

石じゃない。オレンジだ。

お礼をいったほうがいいのかなとふり返ると、門はガチャンとしまった。

「食べようか。男の子たちと分けるほど大きくないからね」あたしは考えながらいった。

ラクはにっこりした。

あたしたちは枝《えだ》を大きく広げたレインツリーのかげにすわった。カティは前足に頭をのせて、あたしたちを見ている。

あたしはラクにオレンジをわたした。

「あああ」ラクはつぶやきながら、こんなに美しいものは見たことがないとでもいうように、両手で包《つつ》みこんだ。そしてつやつやの皮に指をはわせたり、手の中で何度も転がしたりした。ちがう角度から見ると、見え方が変《か》わるとでもいうように。

「あああ」ラクはくり返し、オレンジを鼻まで持ってきて、長いこと香《かお》りをかいでいた。そしてあたしにくれた。

オレンジを受け取ると、あたしもラクがしたように手の中で転がした。小さな淡《あわ》い太陽のような輝《かがや》きだ。

重さを確《たし》かめる。熟《う》れ具合《ぐあい》は完璧《かんぺき》だ——やわらかすぎず、かたすぎもしない。柑橘類《かんきつるい》の香りを胸《むね》いっぱいに吸《す》いこむ。皮をむき始めると、今まで気がつかなかったことに気づいた。外の皮は一面同じ色じゃないこと。果肉《かにく》についている白い部分には葉脈《ようみゃく》のようなすじがあること。ふさの一つひとつは雨粒《あまつぶ》みたいな形をしていること。

ようやくひとふさ口に入れてかむと、舌《した》の上で新鮮《しんせん》な果汁《かじゅう》がジュワッとはじけるのが聞こえた。初《はじ》めはすっぱく、だんだん甘《あま》くなってきた。この味、この香《かお》り、この舌ざわり以《い》外《がい》、まわりの世界はすべてとけて消えた。

あたしはゆっくりとオレンジを食べた。ラクもなんでもゆっくりするのが好《す》きだよね。

今まで、ラクの動きがほかのみんなよりおそいのが、かわいそうだと思っていた。でも今日、ゆっくりは速いよりいいと思えた。のばしたいときに魔法《まほう》のように時間をのばせるんだもの。そうすれば、一瞬《いっしゅん》が永遠《えいえん》に感じられる。オレンジの半分を味わうこの瞬間も、ずっとずっと続《つづ》くんだ。

12　家族になる

その日は、一日歩いても仕事は見つからなかった。お金はなくなり、チャイ屋のおばさんがくれたレインコートとバナナとビーズひと袋《ふくろ》のほかは、財産《ざいさん》はなんにもふえなかった。

それでもありがたかった。少なくともそれだけの財産はある。いちばんありがたいのは、ラクがぐずぐずいわずに、カティといっしょについてきてくれることだった。

かしこく自立心旺盛《おうせい》なカティは、ふたのあいたゴミバケツや、バケツからあふれたゴミを見つけるたびに、走っていって残飯《ざんぱん》を食べている。だからカティのえさの心配をする必《ひつ》要《よう》はないのだ。

橋の壁《かべ》からつき出た鉄の棒《ぼう》にレインコートを結《むす》びつけて、屋根を作ろうとしていたところへ、アルルとムトゥが帰ってきた。ラクは両手をのばして、男の子たちに向かってかけ出した。

レインコートが風に吹《ふ》かれて、橋の上を飛《と》んでいった。

ラクは興奮《こうふん》してキーキー声を上げ、あたしは橋にあいた穴《あな》ぼこをよけてジグザグに走りながら、レインコートを追いかける。カティもキャンキャンほえながらいっしょに追いかける。

「布《ぬの》の鳥だ」ムトゥが叫《さけ》んでいっしょに走り、つかまえてくれた。

「よくやった」アルルが手をたたいた。「だけど、それ、屋根には小さいな」

「いいじゃない」あたしはムッとした。「あたしたちのすみかなんだから、いちいち指図しないでよ」

「そいつは残念《ざんねん》だな。防水《ぼうすい》シートをもう一枚《まい》手に入れてやったのに。でかくていいやつをね」

「なんでもっと早くいってくれないの？　さんざん橋を走りまわって、ねんざしそうになったのよ」

「感謝《かんしゃ》しろよ」と、アルル。

「感謝する」と、あたし。

アルルはにこっと笑《わら》った。

あたしもにこっと笑《わら》った。

「晩《ばん》めし見たらもっと感謝《かんしゃ》したくなるぞ」

レインコートを地面に広げ、みんなであぐらをかいて丸くすわった。アルルが食べ物を置《お》いた。新聞紙にくるまったサクサクのムルック（ひよこ豆の粉《こな》と米粉《こめこ》の生地《きじ》をうずまき状《じょう》に巻《ま》いて揚《あ》げたスナック）が四つ。スパイシーなきつね色のうずまきを見ていたら、味を思い出して、つばがわいてきた。

あたしはチャイ屋のおばさんにもらったバナナの残《のこ》りを出した。

アルルは両手を合わせて、聞いたことがないお祈《いの》りの言葉をとなえた。〈天にませませわれらの父よ、みながなんとかかんとか……〉って、母さんのタミル語のお祈りじゃなく全部英語《えいご》だった。

それから、食べ物を四等分した。

だいたいね。

アルルはそんなに腹《はら》がへっていないといった。自分のくだものを、あしたの朝、ラクにあげてくれとあたしによこした。

あたしは空腹《くうふく》すぎて、とてもこんなえらいことはできない、なんて自分勝手なんだろうと恥《は》ずかしく思いながら、自分の分け前を飲みこんだ。

晩《ばん》ごはんのあと、アルルがあたしたちのすみかを作るのを手伝《てつだ》ってくれた。アルルたちの防水《ぼうすい》シートのすぐ横に、新しい防水シートを張《は》ることにして、シートのはしを橋の壁《かべ》からつき出た鉄の棒《ぼう》に結《むす》びつけた。ラクとムトゥはもう片方《かたほう》のはしを引っぱって石でおさえた。これでスロープ屋根のできあがり。二つのスロープ屋根のあいだにはタオルをかけて仕切りにした。床《ゆか》にはシーツを広げ、レインコートを丸めてラクの枕《まくら》にした。

「新しい家でぐっすりおやすみ」アルルがいった。

あたしたちは自分たちのテントにもぐりこんだ。あたしはパルバティ先生からもらった本を取り出し、うす暗い中で読もうと目をこらした。けれど、ほとんど字が見えない。それで本をしまうと、パルバティ先生はやさしかったなあと思い出にふけった。

「大きくなったら、先生になりたい」あたしはラクにいった。前にもこの夢《ゆめ》がちらっと頭をよぎったことはあった。声に出していったのは初《はじ》めてで、夢がより強くなったような気がした。だけど、家出なんかしたから、夢が手の届《とど》かないところへ行ってしまったんじゃないかと心配でもある。「いつかあたし、先生になれると思う？　スブとパルバティ先生は、人生をもっとよくするために街《まち》へ行ったでしょ？　あたしたちみたいに」

「おはなし」ラクがきっぱりといった。

ふーっとため息をつく。お話なんかをアルルに聞かれて、くだらないって思われたくないから、きのうみたいにささやき声で話し始めた。

「おおきく！」ラクがこわい声でいった。「おしろ！　くじゃく！」

「わかったわかった」あたしはちょっと声を大きくした。ムトゥの影《かげ》が、タオルで仕切られたとなりのテントへもぐりこむのが見える。

お話を終えると、ラクはまたきっぱりといった。「もういっかい！」

もうだめ、といいかけたとき、うすい壁《かべ》を通してムトゥの声が聞こえた。「アッカ、お願《ねが》い。もう一回」

その声を聞いたとたん、のどの奥《おく》がしめつけられる感じがして、また話せるようになるまでしばらくかかった。

あたしのこと〈アッカ〉って呼《よ》んだ。お姉ちゃんってこと。あたしのことを家族だと思ってくれたんだ。

13　仕事とお祈《いの》り

つぎの朝、あたしは髪《かみ》をとかしたあと、男の子たちにも、くしを貸《か》してあげようと思った。「もしよかったら」ほんとは貸したくなくて、ためらいがちにいった。「これ使っていいよ……」

ムトゥはクスクス笑《わら》った。「そのつぎは、服にアイロンをかけたら？　っていうんだろ」

「ありがとう」アルルがもじゃもじゃの髪にくしを入れて、引っぱった。「もう何か月もとかしていないんだ」

「ええっ、何か月も？」と、ムトゥ。「アッカもまさかそんなにとは思わなかっただろうな。見ただけじゃわかんないよ」

するとくしがまっぷたつにわれた。

「パキ！」ラクは、くしがわれた音をまねして、手をたたいた。「パキ！　パキ！　パキ！」

「ごめん」アルルは髪《かみ》に残《のこ》った半分のくしを引っぱった。くしはおかしな角度に飛《と》び出《で》たまま、どうにも取れない。

「なんでごめんなの、ボス？」ムトゥは笑《わら》いながらいった。「一個《こ》のくしから二個のくしができたんだよ」

「気にしないで。ほら、手伝《てつだ》ってあげる」あたしはいった。

がんこなくしを引っぱると、かなりの髪の毛といっしょに取れた。

アルルはギャッと悲鳴を上げて頭をなでたけれど、まだあやまっている。「悪いな。おわびになんかすることないか？」

「あるわよ。晩《ばん》ごはんを分けたら、自分の分はちゃんと食べるって約束《やくそく》すること」

「おれがどれだけ食おうが、かまわないだろ？」

「まあね。でもちゃんと食べてくれれば、自分の分を食べるときに気にならないから。ゆうべなんか、あたし、食《く》いしん坊《ぼう》のブタみたいな気分になっちゃったんだから」

アルルはにやっと笑った。

「ごはんを食べないのはだめよ」あたしはいった。「ちゃんと食べなきゃ、長生きできないでしょ？」

「長生きなんかしてなんの意味がある？」

「え？　じゃ、早死にするほうがいいの？」

「天のお父さまに会えるんだから、この世に未練《みれん》はない」

「天のお父さま？　ゆうべも『天にませませ　われらの父よ』っていってたね。お父さん、死んじゃったの？」

「ああ。でもそれ、自分の父さんに祈《いの》っていたんじゃないんだ。神様に祈っていたんだよ。神様のことを天のお父さまっていうんだ」

「お母さまでもあるでしょ」

「ヒンドゥー教《きょう》ではね」と、アルル。「ヒンドゥー教には神様がたくさんいるけれど、どれもまちがっている。ヒンドゥー教徒《きょうと》はまちがった神様をあがめているんだ」

「正しい神様とかまちがった神様とか、そんな話聞いたことない」あたしはいった。「まあ、とにかくあたしには関係《かんけい》ないけどね。あたしはお祈りなんかしないから」

「お祈りしないの？」アルルはびっくりしたみたい。「まちがった神様のほうが、無神論《むしんろん》者《じゃ》より、まだましだよ」

「うちの母さんは、父さんが家族にやさしくなるようにって、何万回もお祈りしたはずだけど、ひどくなるばかりだった。母さんはいつもぶたれていたし、とうとうあたしたちにも暴力《ぼうりょく》をふるったから、逃《に》げてきたの」あたしはちらっとラクに目をやった。父さんの話をしているのを聞いたら、取《と》り乱《みだ》しちゃうんじゃないかな？　でも、ラクとムトゥは、半分になったくしで、カティのまばらな毛をすいてやるのに夢中《むちゅう》だった。「アルルの家族は？」

「みんな死んだ」

「ああ、ごめんなさい」

「いいんだ。クリスチャンは死んだら天国へ行くんだから」

「クリスチャンは、生きているあいだはなにするの？」アルルは家族の死の話をしたくないみたいだと感じて、あたしはこういった。キリスト教《きょう》のことで知ってるのは、いばらの冠《かんむり》をかぶったイエスをあがめている、ってことくらい。

アルルはイエスについていろいろ説明《せつめい》し始《はじ》めた。それから、聖書《せいしょ》っていう本に書いてある教えを行うんだってことも。

イエスは、片方《かたほう》のほおを打たれたら、もう片方のほおも向けなさいといったんだって。

アルルがそう話したとき、ムトゥが話に加《くわ》わった。

「イエスの教えどおりにすれば、天国に行ったとき翼《つばさ》が生えて、飛行機《ひこうき》みたいに飛《と》びまわれるのさ」ムトゥがいった。

「ムトゥもクリスチャンなの？」あたしは聞いた。

「わかんねえ」ムトゥはほっぺたをかいた。

「クリスチャンだろ！」と、アルル。「おれが教えた言葉をくり返したじゃないか」

「そうそう」と、ムトゥ。「けど、あんなのただの言葉だよ。ボスがいえっていうからいったけど、意味わかんないところがたくさんあったし」

「たとえば？」アルルは手をゆるめない。

「もう片方《かたほう》のほっぺたのとこだってそうだしさ。あと、なんでイエスは悪いやつと戦《たたか》わなかったのかとか」ムトゥは続《つづ》けた。「子分が十二人もいたのに――」

「子分じゃない！　弟子《でし》だ」と、アルル。

「子分はボスに従《したが》うよ」ムトゥがふっかける。「だから弟子は子分だ」

「イエスには十二人の使徒《しと》がいたんだ」アルルは訂正《ていせい》した。「イエスの言葉を広めた先生さ。いいかげんにしろよ、ムトゥ。もっとかしこくなれ」

「わかったよ、ボス。じゃ、向こうを向いて体のもう片方を見せるよ」ムトゥはさっとうしろを向いて、お尻《しり》をくねくねと動かした。

アルルは天をあおぎ、永遠《えいえん》の終わりまで、この子らの魂《たましい》が地獄《じごく》で燃《も》やされませんようにと、ぶつぶついった。なんで永遠に終わりがあるの？　と聞きたかったけれど、笑《わら》いすぎてなんにもいえない。

「おそくなっちまった」ムトゥがあるはずのない腕時計《うでどけい》を見た。「仕事行かなきゃ、ボス」

「いっしょに行くか？」アルルは、最初《さいしょ》に会った日に持っていた麻袋《あさぶくろ》と木の棒《ぼう》をかき集めながら聞いた。

「うん、ありがとう。ほんとに仕事がほしいの」あたしはいった。「どこで働《はたら》いているの？」

「冒険《ぼうけん》してんのさ」ムトゥがいった。「毎日山に登ってる。だよね、ボス？」

「そう」と、アルル。「川を泳ぐ日もあるけれど」

「なにを持っていけばいいの？」

「おれたちが用意するから、なんにも持っていかなくていい」アルルはいった。

「ラク、ビーズもっていく」ラクがビーズの袋をたたいた。

「いいね」アルルはにっこりした。

「いい」ラクもにっこり。

カティといっしょにアルルのあとについて橋を歩きだした。あたしとラクがまだ行ったことがないほうへ向かっている。

橋の向こうの通りは混雑《こんざつ》していた。車はクラクションを鳴らし、自転車のベルはリンリンと鳴り、オートバイと原付《げんつ》きリキシャは排気《はいき》ガスを吐《は》き出《だ》している。学校の制服《せいふく》を着た子どもたちが、ガタガタと音をたてながら通りすぎるワゴン車の窓《まど》から、体を乗り出している。

「いつかまた学校へ行こうね、ラク。あの子たちみたいに」あたしはいった。

「学校だって！」冗談《じょうだん》だろといわんばかりに、ムトゥが大笑《おおわら》いした。「学校、好《す》きなの？」

「好きってわけじゃないけれど」いじめっ子たちや、あたしたちを無視《むし》する先生たちのことを思い出した。「いつもはね。でも、大好きだった先生がいて……」あたしはパルバティ先生がいってくれたうれしい言葉を思い出していた。あたしには想像力《そうぞうりょく》があるとか、頭がいいとか――ラクのことも励《はげ》ましてくれた。先生がくれたいちばんの贈《おく》り物《もの》は、じつはあの本ではない――別《べつ》のことだ。「先生は、あたしのこともラクのことも、信《しん》じてくれたんだ」

「信《しん》じるって、なにを？」と、ムトゥ。

「ふたりとも一所懸命《いっしょけんめい》がんばれば」——パルバティ先生の口調をまねした——「大きくなったら、なんでもできるわって」

「おれも村にいたとき、学校に通っていた」アルルは物思いにふけるような声でいった。「おれの先生もすばらしかった」

「そんなに悲しそうな声、出さないでよ、ボス」と、ムトゥ。「学校なんか行かなくたって、好《す》きなことなんでもできるじゃんか。実際《じっさい》、学校の先生にああしろこうしろっていわれないから、やりたいようにできてるしさ！」

角を曲がって、木でできた露店《ろてん》がいっぱい並《なら》んでいる道に入った。ある露店では、皮をはいだヤギの死体の腹《はら》がさかれて、まる見えになったはらわたに、ハエがブンブンたかっている。ラクは鼻をつまんだ。

「こんなのがくさいのか？」ムトゥがけらけら笑《わら》った。「これから行くとこは、こんなもんじゃないぜ」

これ以上《いじょう》ひどいのって、想像《そうぞう》もできない。そういえば、素手で汚水槽《おすいそう》のそうじをしている人の記事を読んだことがあった。父さんが機嫌《きげん》のいい日に、家族をびっくりさせようとパコラ（インドのスパイシーな野菜《やさい》の天ぷら）を買ってきたんだけど、それを包《つつ》んでいた油じみのついた新聞で読んだんだ。まさか汚水槽《おすいそう》のそうじをしにいくんじゃないよね？

そうこうしているうちに、とあるおんぼろ小屋の前に着いた。あけっぱなしのドアの上には、表面がはがれかけた看板《かんばん》がかかっている。〈ビクトリー廃棄物取引所《はいきぶつとりひきじょ》〉だって。

「カティは外で待っていな」アルルがいった。

「おすわり」ラクとカティとムトゥが階段《かいだん》にすわり、あたしはアルルのうしろから小屋へ入っていった。

紙、プラスチック、ガラス、金属《きんぞく》などのがらくたが、そこここに山のように積《つ》まれている。さびだらけの天秤《てんびん》ばかりを持った男が、段《だん》ボールの重さを量《はか》っている。

「ひと袋《ふくろ》お願《ねが》いします」アルルがいった。

男があたしをじろじろと見た。ごろつきみたいな危険《きけん》な目つきだ。

「なんて名だ、かわいい姉ちゃん？」男が聞いた。

あたしは聞こえないふりをした。こんなやつにいろいろと教えないほうがいい。

「名前もいわないのに、仕事をもらおうってのか？」

「ヴィジ」仕方なくつぶやいた。

「街《まち》へ来たばかりか？　家はどこだ？」

「さあ」と、あたし。

男は小屋のすみに丸まっている麻袋《あさぶくろ》の山を指さした。あたしが麻袋を一枚《まい》取り、アルルは木の棒《ぼう》を一本取った。

「ありがとう」アルルは肩《かた》ごしにいった。

がらくた小屋を出ると、太陽の光がまぶしかった。

アルルが心配そうな目をあたしに投げかけた。「これからは、ラクとカティといっしょに、外で待っているか？」

「うん」あの廃棄物屋《はいきぶつや》の男がこわいってことを、わかってくれてよかった。

みんなでだれもいない公園をつっきり、くずれそうなアパートが並《なら》んでいるところを歩いた。ここには少なくとも、燃《も》えるような日射《ひざ》しをさえぎる、建物《たてもの》の影《かげ》がある。壁《かべ》には背丈《せたけ》くらいある大きなポスターが貼《は》ってある。新作映画《えいが》の宣伝《せんでん》だ。やがて、なんにもさえぎるものがない平らな原っぱに出た。日射しからは逃《に》げられない。

「うう！」ラクが鼻にしわを寄《よ》せた。

すぐそこに、見たこともないような巨大《きょだい》なゴミの山があった。捨《す》てられたものがうずたかく積まれ、山脈のようにつらなっている。しおれたジャスミンの花のにおいが、ヤギのフンやそのほかのひどいにおいと入りまじっている。

「ゴミのヒマラヤへようこそ！」ムトゥがおおげさな身ぶりでいった。

14　ヒマラヤに登る

ラクはみんなからちょっとおくれて歩き、ゴミの山から離《はな》れたところで両手を腰《こし》に当てて立ち止まった。カティが足元に寄《よ》りそっている。

「ごめんね、ラク。ここにいなくちゃいけないのよ」あたしはいった。

「いや、ヴィジ。かえる」ラクのいうことはもっともだ。

「どうしようもないの。あたしだってこんなとこ、いやなんだよ」

ラクは鼻をつまんだ。

「いいところじゃないけど、だからふたりでいっしょにいなくちゃ、ね」

ラクは首をかしげた。

「ここで働《はたら》いてお金を稼《かせ》がないと、父さんのところに帰らなくちゃならないのよ。わかる？」

「とうさん、ヴィジ、たたく」ラクはゆっくりといった。「とうさん、かあさん、たたく」

あたしは胸《むね》がつまった。父さんがラクをたたいたことは、ひとこともいわないんだもん。

「ヴィジとラク。いっしょ」ラクはそばへ来て、あたしのほっぺたをポンポンすると、きっぱりといった。「ラク、ネックレス、つくる」

あたしはラクをぎゅーっと抱《だ》きしめた。

「ラクはどこにすわる?」ムトゥがいった。

どうしようかなと思って、山から山へ目を走らせたけれど、ラクは自分で解決《かいけつ》した。とげだらけのアカシアの木かげに、すわるのにちょうどいいプラスチックのバケツを見つけたのだ。ゴミの山からは離《はな》れているけれど、みんなの視界《しかい》には入っている。日射《ひざ》しから完全《かんぜん》に隠《かく》れてはいないけれど、それはもうしょうがない。

ラクは袋《ふくろ》をあけて、長い糸を取り出し、ビーズを一つ通して、はしに結《むす》び目《め》を作った。これで残《のこ》りのビーズが落ちなくなる。ラクはどのビーズがつぎに合うか探《さが》しながら、だまってせっせと指を動かした。

あたしも働《はたら》かなくちゃ。

「なにしたらいい?」スカートをできるだけまくり上げて、あたしはいった。

「探《さが》すのさ」ムトゥが山のすそにある、われたビンをつついた。「お宝《たから》をね。こういうのを。ガラスや金属《きんぞく》がいちばんいい。あのクズ屋のおやじは、あんまりぼろぼろでなきゃ、段《だん》ボールや布《ぬの》も買ってくれるんだ」

あたしはおずおずと、すぐそばのゴミの山をつついた。さびた缶《かん》とわれたビンのあいだに、ネズミの死骸《しがい》があった。

体じゅうゾゾッとしたけれど、始める前からあきらめるわけにはいかない。棒《ぼう》でビンを拾おうとしたら、ますますゴミの奥《おく》にもぐりこんでしまった。

「ガラスや金属は高く買ってくれるから、これはのがせない」アルルは素手《すで》でビンをつかみ、あたしの麻袋《あさぶくろ》に入れた。「だけど」といって、空のジュースの紙パックをたたき、ゴミの山の奥へ転がした。「これは金にならない」

「ありがとう。ごめんね」

「だいじょうぶ。すぐ上達《じょうたつ》するさ」

ゴミ拾いなんて上達したくない、先生になりたいの、とはいわなかった。なんとか言葉をのみこみ、のどに上がってきた胃液《いえき》も飲みこんで、ゴミの山にふみこんだ。

歩こうとすると、ゴミの山はまるで腹《はら》ぺこの獣《けもの》みたいに、あたしのサンダルに吸《す》いついた。べとべとの中に足が沈《しず》んで、つま先が見えない。足首のまわりにハエがぶんぶん飛《と》びまわっている。

「ゆっくり、すり足で、川を歩くみたいに歩くんだ」アルルがアドバイスしてくれた。簡単《かんたん》にいうけれど、そうはいかない。慎重《しんちょう》に、慎重に、ピチャピチャと音をたてながら進む。しめったぼろ布《ぬの》があったので棒《ぼう》ですくい、麻袋《あさぶくろ》の中に放りこんだ。けれど、くさった牛乳《ぎゅうにゅう》が半分入ったビンを見つけたときには、素手《すで》でつかむしかなかった。悲鳴を上げて逃《に》げ出《だ》したい。でもそうしなかったのは、ラクを見たとき、とても幸せそうな顔をしていたから。足を組んで、新しいビーズ・ネックレスに取りかかっている。カティが、あたりに注意を払《はら》いながら横についている。

アルルは、あたしにとってこの仕事がどんなにつらいものかわかっていたようで、ことあるごとに「よくできたぞ」と声をかけてくれた。

強い日射《ひざ》しのもとで長いこと働《はたら》いていたせいで、頭がガンガン痛《いた》くなってきた。アルルが「よし、これでいい。終わろう」といったときにはホッとした。

男の子たちの戦利品《せんりひん》とあたしのを比《くら》べてみたら、もっと落ちこんでしまった。「ああ、なんて役立たずなんだろう。アルルたちの半分もいってないよ」

「気にするな」アルルはあたしの麻袋《あさぶくろ》をのぞきこんだ。「金目のものがたくさん入ってる。おれたちはたくさん集めたけど、金になるものはそんなに多くない。あとでわかるさ」

ラク以外《いがい》に、あたしにこんなうれしいことをいってくれる人は、ほかにはいない。半分しか入っていないのに、麻袋は今まで持ったどんなものよりも重かった。だけど、小さく鼻歌を歌いながらビーズを片《かた》づけているラクと、この麻袋は高価《こうか》な宝石《ほうせき》でいっぱいだというように、笑顔《えがお》を見せてくれる新しい友だちがふたりもいるんだ。そう思って、あたしは文句《もんく》などいわずに荷物をかつぎ、背筋《せすじ》をのばして、軽い足取りで歩き出した。

15　自分たちで稼《かせ》ぐ

みんなで廃棄物取引所《はいきぶつとりひきじょ》へ向かう途中《とちゅう》、小さな池のある公園へ立《た》ち寄《よ》った。あたしは両手で水をすくってゴクゴク飲み、ペットボトルも水で満《み》たした。生水なんか飲んじゃいけないって、母さんならいうだろうけれど、背《せ》に腹《はら》はかえられない。

痛《いた》む腕《うで》をのばしてサンダルをゆすぐ。もとの色がわからないほどよごれていたし、スカートだってまくり上げて仕事をしていたのに、泥《どろ》だらけだ。

男の子たちがゴミを注意深く、段《だん》ボール、金属《きんぞく》、プラスチック、ガラスに分別《ぶんべつ》するのを、ラクとカティが見守っている。

「ラク、おてつだいする」ラクがいった。

「だめ」と、あたし。「さびたブリキ缶《かん》で手を切っちゃうから」

「ラク、おてつだいする！」ラクはいいはった。「ラク、おてつだいする！」

「よかったら手伝《てつだ》ってもらおうか？」アルルがいった。

「冗談《じょうだん》でしょ」冗談なんかじゃないとわかっていたけど、あたしはそういった。

「やりたいことをさせてあげないの？」と、アルル。

ラクはアルルのほうへどんどん歩いていく。

「ヴィジ、ラクのボスみたいにいばるのはやめろよ」

「いばるってどういうこと!?」

アルルの口調はやさしくなったけれど、言葉はきびしかった。「ヴィジはラクを所有物みたいに扱《あつか》っている。ムトゥはおれのことをボスって呼《よ》ぶけど、おれはいつもいばっているわけじゃないからな」

アルルの言葉は針《はり》のように、あたしの心につきささった。

「ごめん、ヴィジ。ラクを守っているってことはわかる。けど、ラクはもっといろんなことができるはずなんだ」

「わかった」とうとうあたしはいった。「ラクに手伝《てつだ》わせて。だけど、指をちょんぎるようなことがあったら——」

「おれの指をちょんぎるか？」アルルはにやっとした。

「みじん切りにするから」

「オッケー」

そこで、アルルはラクにゴミの分別方法《ぶんべつほうほう》を教えた。楽しそうに鼻歌を歌いながら段《だん》ボールを積《つ》み重《かさ》ねているラクを見ていたら、ラクがなんにもできないと思っていたのは、このあたしだと気づいて、胸《むね》がズキンと痛《いた》んだ。

分別が終わると、ラクは目を輝《かがや》かせて、「よくできました」と自分にいった。

アルルはラクの背中《せなか》をたたいた。「ほんとだ。ラクのお手伝《てつだ》いがいちばんだ」

「いちばん」ラクは誇《ほこ》らしさではち切れんばかりの笑顔《えがお》を、あたしに向けた。

ラクが幸せそうにしているのはうれしいんだけど、ラクとアルルが笑《わら》い合《あ》っているのを見たら、胃《い》がキュッとしめつけられた。今までは、笑い合うのはラクとあたしだけだったんだもん。

なにやきもち焼《や》いてるの、って恥《は》ずかしくなり、棒《ぼう》で地面をたたいた。アルルはラクに好《す》かれて当然《とうぜん》だ。あたしが気づきもしなかったなにかを、アルルはラクの中に見つけてくれた。ずっといっしょにいてラクのことが大好《だいす》きなあたしだけれど、知り合って一週間もたたないアルルが見つけて、あたしに見つけられないものって、ほかにもあるのかな?

「こんなにもらえない」アルルがその日稼《かせ》いだお金の半分をわたしてくれたとき、あたしはいった。「アルルとムトゥが集めた分の、四分の一しか集めていないんだもん」

「もしあしたおれが病気になって、仕事ができなかったら、どうする？」アルルはいった。

「みんなの分を分けるよ」と、あたし。

「だから、みんなで稼いだ金は平等に分ける、だろ？　おれとムトゥはずっとそうしてきたし、それがいいと思っている」

「そうだね、ボス」ムトゥがいった。「おいらたちといっしょにいたけりゃ、ルールに従《したが》ってもらわなくちゃな」

あたしはふるえてお礼がいえなかった。うれしくてふるえていたの。家にいたときみたいに、無力《むりょく》でこわくてふるえていたんじゃなくて。

みんなで稼いだお札《さつ》はしわくちゃでよごれていた。一枚《まい》は角がちぎれてなくなっている。もう一枚はマハトマ・ガンディー（インド・ルピーの紙幣《しへい》に描《えが》かれている）の顔に茶色いしみがついている。でも、どのお札も美しく見えた。

あの仕事はきつかったけれど、自分たちでお金を稼ぐことができた。自分たちのお金だ。あたしはお札《さつ》を指にはさんで、絹織物《きぬおりもの》かなにかのように肌《はだ》ざわりを確《たし》かめた。お金に困《こま》っていなければ、この自由の感覚《かんかく》を忘《わす》れないために、ずっと使わずに取っておくんだけどな。

あたしたちは手押《てお》し車《ぐるま》のくだもの屋で、大きなバナナふたふさを値切《ねぎ》って買った。ひとふさはすぐ食べる用、もうひとふさはまだ緑色だから、あしたかあさって食べごろになるだろう。それから、あざやかな色のあめをガラスびんいっぱいにつめて売っている店で立ち止まり、ラクが好《す》きな色――緑――のあめを選《えら》んだ。

「晩《ばん》めしはなにがいい？」アルルが聞いた。「ヴィジが初《はじ》めて稼《かせ》いだんだから、ヴィジが決めていいよ」

「ラクはバナナとあめで満足《まんぞく》だと思うけど、あたしはビリヤニ（肉や野菜《やさい》のスパイシーな炊《た》き込《こ》みごはん）が食べたいな」あたしはいった。

よだれをたらしそうになりながら、スパイシーな料理《りょうり》を売っている屋台に向かっていると、色あせたサリーをまとった通りすがりの女性《じょせい》が、鼻にしわを寄《よ》せ、サリーで顔をおおった。

ショックだった。ゴミのヒマラヤに登ったことで、以前《いぜん》よりももっと下に見られるようになったんだ。

「これで買えるだけ、ビリヤニください」あたしは持っていたお金をわたしながらいった。手がふるえている。こんなきたないやつに売れるか、っていわれないだろうか？

さいわい店主は親切で、カティにかわいたロティ（全粒粉《ぜんりゅうふん》をこねてうすく焼《や》いたパン。チャパティともいう）まで投げてくれた。でも、あたしがあたたかい料理《りょうり》の包《つつ》みを受け取ってにっこりしたとき、店主はこういった。「悪いが遠くへ行ってくれ。ほかのお客が逃《に》げちまう！」

ラクと男の子たちは、カティといっしょに公園まで大急ぎでもどっていったけれど、あたしは足を引きずって歩いた。また体をきれいにして、学校へ行けるようになるのかな？それとも、ゴミの山が宝物《たからもの》の山でないのと同じように、学校なんて、夢《ゆめ》のまた夢なんだろうか？

「なにしてんの、アッカ？　料理がさめちゃうよ！」ムトゥがベンチに腰《こし》かけながらいった。「もうアルルはお祈《いの》り終わったよ」

あたしは肉や野菜《やさい》の入ったスパイシーな黄色いまぜごはんを指で小さく丸め、口に入れ

て指をなめた。ラクは満足《まんぞく》げにあめをしゃぶっている。カティはムトゥの指のあいだから
こぼれた食べ物を、がつがつ食べている。
橋にもどるころにはすっかり日が暮《く》れて、あたしはホッとした。暗ければ服のよごれも
見えなくなるから。

16　青い山

つぎの朝、仕事へ行く準備《じゅんび》をしていたら、ラクが橋を反対の方向へ歩きだした。

「ラク、ちがうよ」あたしはいった。「ヒマラヤへ行くんだよ。こっちこっち」

ラクは腕組《うでぐ》みをして、そこに立ち止まったままだ。

「まあ、どうしてもやらなくちゃならないことはないさ」アルルがいった。「この暮《く》らしのいいところは、好《す》きなところへ行けるってことだ。今日はそっちへ行くか、ラク」

ラクはアルルの言葉に顔を輝《かがや》かせた。

「ほんとは、毎日ヒマラヤに登るのはよくないんだ」と、アルル。「いくら山がでかいといっても、新しい廃棄物《はいきぶつ》がふえるのを待ったほうがいいからな」

「それに、冒険家《ぼうけんか》はいつもおんなじところへは行かない」ムトゥがいいたした。「そんなの退屈《たいくつ》だろ」

みんなで裕福《ゆうふく》な地区の広い並木道《なみきみち》を歩く。ここはオレンジを投げてよこした庭師《にわし》がいた屋敷《やしき》や寺院の近くだ。それから、もう少し小さな家々や、ヒット曲をガンガン流している店を通りすぎ、見たこともないような貧《まず》しいスラム街《がい》に着いた。せまい通りに、掘《ほ》っ建《た》て小屋《ごや》がずらりと並《なら》んでいる。小屋は考えられるあらゆる材料《ざいりょう》を使って作られていた。屋根はココナツの葉や麻袋《あさぶくろ》、壁《かべ》は金属《きんぞく》の看板《かんばん》や木の板でつぎが当てられている。段《だん》ボールの上にビニールをかぶせて留《と》めてあるところもある。

「ほら！　海だ！」アルルが叫《さけ》んだ。

たしかに、スラム街とその先のゴミの山を越《こ》えたずっと向こうに、青く光る海がちらりと見えた。

「あのゴミの山は、ニルギリって呼《よ》んでるんだ」ムトゥがいった。「青い山さ」（ニルギリ丘陵《きゅうりょう》は、インド南部にある山脈《さんみゃく》。サンスクリット語で「青い山」を意味する）

「ヒマラヤよりいいね」あたしはいった。海と空がゴミに反射《はんしゃ》して灰色《はいいろ》がかった青に見えるし、冷《つめ》たい海風のおかげでヒマラヤよりましに思えたのだ。とはいえ、ここのゴミだって気持ち悪いにちがいない。

「きれい」ラクは波を見つめると、木箱に腰《こし》かけてビーズの仕事に取りかかった。カティは足元に寝《ね》そべって目を閉《と》じた。

ゴミの山では、もうほかの少年たちが働《はたら》いていた。ムトゥとアルルはほかの子たちを無《む》視《し》して、いい場所を見つけ、せっせと働きだした。ところがあたしがビンに手をのばすと、ひとりの少年が近づいてきた。

「ここでなにしている？」ムトゥと同じくらいの年に見えるけれど、身なりはもっとぼろぼろだ。

「なにしているように見える？」あたしはいった。「景色《けしき》をながめているとでも？」

「ここで集めたものの三分の一はよこせよ」少年がいった。

「なにそれ？　税金《ぜいきん》の取り立て？」と、あたし。

すると少年があたしに向かってつばを吐《は》いた。

「やめろ！」ムトゥがわりこんできた。「姉貴《あねき》に手を出すな！」

「おれに指図しようってのか？」少年はムトゥにしかめ面《つら》をし、あたしの目の前で棒《ぼう》をふりまわした。

「やめろ、シュリーダル！」ちょぼちょぼと口ひげの生えた年上の男の子が、つばを吐いた少年のうしろからあらわれた。「けんかするなら、仲間《なかま》からはずれてもらうぞ」

シュリーダルという少年は不機嫌《ふきげん》な顔をしながら立ち去った。そこへアルルがやってきた。

「やあ、カマール」アルルは口ひげ少年にいった。

「おい、ここはおれたちの場所だぞ」カマールがいった。「おまえが来るのはいいが、新しく町に来たやつらをつれてきちゃだめだ」

「こんなにあるんだからいいじゃないか」と、アルル。

「そうだよ、海岸じゅうにお宝《たから》が広がっているんだぜ！」ムトゥが木の棒《ぼう》をふりまわした。「金銀ざっくざくだ」

「ヒマラヤはおれたちのものだなんていったことはないし、場所も教えてやっただろ」アルルはいった。

カマールは顔をしかめたけれど、それ以上《いじょう》いい争《あらそ》うことはなく、みんな仕事にもどった。何時間たっただろう、あたしの足には黄色や茶色のべとべとがはりつき、背中《せなか》は汗《あせ》だくになった。スカートに広がったしみのように、心に絶望感《ぜつぼうかん》が広がった。絶対に洗《あら》い流《なが》せない心のしみだ。

ラクに目をやると、ラクは眠《ねむ》っていた。頭をカティにもたせかけている。あんまり水を飲んでいなかったかもと、心配になった。

「ちょっと休憩《きゅうけい》しない？」あたしはいった。

「カマールたちはまだ働《はたら》いてるよ」と、ムトゥ。

「人生は競争《きょうそう》じゃない」アルルはあたしの視線《しせん》の先を見ていった。「これで十分だ。行こう」

ああ、よかった。サンダルなんかもうどうでもいいや。片方《かたほう》は泥《どろ》の中に吸《す》いこまれ、もう片方はラクのほうへピチャピチャ歩いていたときにちぎれてしまった。

まあ、男の子たちだってはだしで歩いているけど、全然《ぜんぜん》気にしていないしね。

17　ラクの商売

「おれはクズ屋に行ってくる。あとで橋でな」アルルがいった。「ヴィジとラクは、ムトゥに海岸のきれいなところにつれていってもらいな」

「クズ屋が重さをごまかさないように、おいらが見張《みは》っていなくていいの?」と、ムトゥ。

「だいじょうぶ」アルルはきっぱりといった。「ヴィジとラクはこの街《まち》が初《はじ》めてだし、こんなにがんばったんだから、ごほうびにきれいな海を見たっていいだろ」

それでムトゥはあたしたちを、金持ちの海岸へつれていってくれた。そこにはゴミの山のかわりに砂丘《さきゅう》があった。あたしは潮風《しおかぜ》のいい香《かお》りを胸《むね》いっぱいに吸《す》いこんだ。

道路と海岸のあいだにある遊歩道をぶらぶら歩いていると、手押《てお》し車《ぐるま》の露店《ろてん》がいくつかあった。トウモロコシやピーナッツが山積《やまづ》みになっている店や、色とりどりのクリケット(イギリスやインドで人気のある、野球ににた球技《きゅうぎ》)のバットとプラスチックのボール、うすっぺらい凧《たこ》、おもちゃ、人形、風車《かざぐるま》を売っている店もある。

「ふうせん？」ラクがほしそうにいった。「みどりのふうせん？」

「そんなお金ないの」あたしはいった。

「おかね？」ラクはみけんにしわを寄《よ》せて考えている。「おかね？」

「だれかから風船をもらったら、その人にお金を払《はら》わなくちゃいけないんだ」今まであたしが何度もしてきたように、ムトゥが説明《せつめい》した。「バナナをもらったら、店の人にお金を払う。ものを売った人はお金をもらうんだよ」

「ネックレス、うる？　おかね？」ラクがいった。

「そう！」ラクが理解《りかい》してくれたことにぞくぞくした。「お金はそういう働《はたら》きをするのよ！」

「ネックレス、うる」ラクはとてもうれしいみたい。「おかね、もらう。ふうせん、もらう」

「いい考えだ！」ムトゥがラクの背中《せなか》をポンポンとたたいた。「作ったネックレスを売ればいい」

「でも売れるかな？」と、あたし。

ムトゥは、ちっともかわいくないプラスチックの人形をうずたかく積《つ》んだ手押《てお》し車《ぐるま》のかげで、うとうとしている店の人を指さした。「これで商売しているっていうなら、ラクのアクセサリーが売れないわけないよ」

それで、ラクとムトゥは遊歩道のいい場所を選《えら》んで、ビーズをきれいにつなげてあるネックレスを六本並《なら》べた。

「ネックレスはいかが？　すてきなビーズのネックレスだよ」ムトゥが歌うようにいった。

通行人が何人も、こっちを見もしないでせわしなく通りすぎた。もうあきらめたほうがいいんじゃないかと思ったとき、女の子がふたり通りかかった。バッグには本がいっぱいつまっていて、年格好《としかっこう》やちゃんとした身なりからして、大学生のようだ。

「おいくら？」ひとりが赤いビーズのネックレスを指さした。複雑《ふくざつ》な輪《わ》や結《むす》び目《め》をほどこしてあるものだ。

「二百ルピー」ムトゥがいった。

あたしは気絶《きぜつ》しそうになった。

「百にして」大学生がいった。

「二だよ」ムトゥはゆずらない。

「さん」ラクがいった。

「まけるんじゃなくて、値上《ねあ》げするの?」大学生はにこっとした。「三百?」

「よん」ラクがいった。

「百五十って意味なんです」あたしがいった。

「さん、よん、ご、ろく」ラクは歌うようにいった。

「これ以上《いじょう》値上《ねあ》がりしないうちに買ったほうがよさそうね」大学生は笑《わら》い、バッグに手を入れてお金を探《さが》した。

「こんなのにお金を使うなんて、信《しん》じられない」もうひとりの大学生があきれていった。

「百五十ルピーくらいなんだっていうの?」やさしい大学生はいった。「この子たちかわいいし、ネックレスはきれいじゃない」

「きれい」ラクがネックレスを一本の指に巻《ま》きつけてふると、日の光でビーズがきらめいた。

「ほんとね」大学生は買ったネックレスを首から下げた。「とってもきれい」

これ以上《いじょう》ぴったりなモデルは望《のぞ》めないくらいだ。大学生の金茶色の肌《はだ》はビーズを引き立たせ、よりいっそう輝《かがや》いて見える。

「友だちにも教えとくわ」大学生は約束《やくそく》してくれた。

しばらくすると本当に別《べつ》の大学生が、ピンクのサリーのすそを足元にひらひらさせながらやってきた。「あったあった！　一ついただくわ」

「どれにしましょう？」あたしは聞いた。

「どれでもいいの」

「百五十ルピーです」あたしはピンクのサリーに合いそうなピンクのネックレスをわたした。

大学生は二百ルピーくれた。

おつりの五十ルピーをわたす。

「取っといて」大学生がいった。

「百五十に決めてあるんです。ほどこしはいりません」と、あたし。

「怒《おこ》らせちゃったかしら？」大学生はとまどったような声でいった。「ごめんなさい」

「怒ってなんかいません」あたしはいった。

一時間もたたないうちに、一つを残《のこ》してほかは全部売れ、ちょっとした財産《ざいさん》を稼《かせ》いだ。

「すごいよ、ラク！」あたしはいった。「ラクのネックレスは金と同じくらいの値打《ねう》ちがあるね！」

「金色に焼《や》けたトウモロコシ」ムトゥがうっとりといった。「ラクは奇跡《きせき》を起こすな。カティ、そう思うだろ？」

カティはそうだねと笑《わら》っているように、口を横に開いた。

「ふうせん！」ラクがいった。

みんなで風船のスタンドへ行った。とはいえ、風船なんて買っていいのかどうか迷《まよ》っていた。前に母さんが大きな風船を買ってくれたことがあって、ふたりで遊んでいたら突然《とつぜん》破裂《はれつ》しちゃって、その音にラクがびっくりしたことがあったから。

でも、ラクのようすを見ていたら、心配は消えていった。

しゃんとまっすぐ立って、うれしそうに口をあけて顔じゅうで笑いながら、ラクは濃《こ》い緑色の細長い風船を選《えら》んだ。

「お金をあげて、ラク。自分で稼《かせ》いだのよ」あたしはぴったり数えたお金を、ラクの手のひらにのせた。

ラクはお金をわたした。こんなに背筋《せすじ》がピンとして背の高いラクは見たことがなかった。
なかなかやるね。
いや。
たいしたもんだわ。

18　お金持ち

「いったいこれ、どうしたんだ……」アルルは目を丸くして、ラクの風船やみんなの服、それにテントの前の地面に広げた食べ物を見つめた。白い食パン一斤《きん》にチョコレートバー、しょっぱいバナナチップスにサクサクのムルックもある。

あたしたちはすっかりお金持ちになった気分で、羊肉の屋台でカティにおいしそうな骨《ほね》まで買ってやったのだ。カティは満足《まんぞく》そうにかじっている。

ラクはアルルのために買った新しいT《ティー》シャツをわたし、風船をあたしたちのテントに結《むす》びつけた。

「見て！」ムトゥが、わらで作ったござを広げた。「今日からこの上で寝《ね》るんだ！」

「なんだって？　どういうこと？」アルルは立っていられないくらい驚《おどろ》いたとでもいうように、橋の壁《かべ》にもたれかかった。

「ラクのおかげなの！」あたしがいった。

あたしたちはラクのネックレスが売れたことを、少しずつ話した。

「そりゃ、すごい。ありがとう、ラク」アルルはいった。

「ありがとう、ラク。ありがとう、ラク」ムトゥがとなえた。

「ありがとう、ラク」ラクも風船をトントンとたたきながらくり返した。「ありがとう、ラク」

ラクとムトゥが風船で遊んでいるあいだ、アルルとあたしはござと新しい枕《まくら》をテントに入れて、気持ちのいい寝床《ねどこ》に見えるようにした。

「ふうせん、とぶ？」ラクは答えを聞くみたいに、風船に耳を近づけた。そんなふうに木の人形に話しかけていたね。「わかった」ラクは心を決めて、風船のひもをほどいた。「えい」

「だめだよ！」ムトゥがつかもうとしたけれど、風船には届《とど》かず、飛《と》んでいってしまった。

あたしもムトゥと同じくらいびっくりしたけれど、うれしさと安堵《あんど》も入りまじっていた。家出してきてからというもの、ラクは前とは全然《ぜんぜん》ちがってきている。かんしゃくを起こすこともないし、友だちもできた。いつも背中《せなか》をまっすぐのばしているから、姿勢《しせい》もちがって見えるしね。

「どうして飛《と》ばしちゃったの、ラク？」ムトゥが不満《ふまん》そうにいった。

「ふうせん、とびたいって」ラクは川の上を飛んでいく風船に手をふった。

「だけど――」ムトゥがいいかけた。

「自由にしてあげたんだよね、ラク」あたしがわりこんだ。「これで好《す》きなところへ行ける。ラクはほんとにやさしいね」

ごはんを食べ終わってから、使わずに取っておいたお札《さつ》や硬貨《こうか》をアルルに見せた。「まだ少し残《のこ》っているんだ」

「今夜、映画《えいが》に行こうよ」ムトゥが提案《ていあん》した。

「だめ」と、あたし。「取っとくのよ」

「おいら一回だけ、ラジニカーント（インドの俳優《はいゆう》）の映画観《み》たことがあるんだ」ムトゥは見えない敵《てき》をこぶしでなぐった。「ラジニカーントが悪者をやっつける音、まだ覚《おぼ》えてる。シュッ、シュッ」

「シュッ」ラクはちらっと顔を上げ、あとはカティとじゃれ合った。「シュッ」

「ほら、ラクも賛成《さんせい》してるよ」

「なんにもいってないじゃん。アルル、お金は取っとくべきじゃない?」

「どこに? どうやって?」アルルは本心からそういっているみたい。

「銀行に入れてくれると思ってんの?」ムトゥがふっと笑《わら》った。

「なんでだめなの?」と、あたし。

「穴《あな》のあいていないT《ティー》シャツ着てるから、だいじょうぶか」ムトゥは短パンの穴をいじった。「足洗《あしあら》って、香水《こうすい》ふりかければいいかも」

あたしは自分のスカートを見おろした。しみをゴシゴシ洗《あら》いすぎて、そこがやぶけてしまっている。すそからのぞく足の爪《つめ》には、泥《どろ》が入りこんでいる。

あたしは、ゴミ拾いからビーズの商売に替《か》えたら、いくらくらい稼《かせ》げるのか計算してみた。「ラクは一日に二、三本ネックレスを作るの。一本五十ルピーで売るとして、売れるのは週に十本がせいぜいでしょ。それでもだいたい――」

「うわあ! やめてくれよ、アッカ」ムトゥがいった。「こうやって先のことを考えると、頭がガンガンしてくるんだ」

「将来《しょうらい》のこと、考えたことないの?」あたしはくってかかった。

「ない」と、ムトゥ。「あしたの心配なんかより、今日のことで精《せい》いっぱいだからな」

「あしたを心配するだけじゃないわよ。いいことだって想像《そうぞう》するもん。だけど、悪いことが起きるかもしれないから、そうなってもいいように――」

「そうだろ」ムトゥがさえぎった。「悪いことは起きるんだ。だから、金は使っちまったほうがいいんだよ、アッカ」

「いいことだって想像《そうぞう》しなくちゃ」なんとかしてもっといい人生にしたいっていうあたしの希望《きぼう》を、この子たちに壊《こわ》されたくない――壊されてたまるもんか。「夢《ゆめ》がなかったら、どうやって生きていけるの？」

「その日一日をなんとか切《き》り抜《ぬ》けるには、あしたのことなんて考えないことさ」アルルが静《しず》かにいった。「何時間も、何日も、何か月も、何年も、ゴミの山をはいつくばる。でも、それで少し金があまれば、夢を見るのに取っておいてもいいぞ」

ムトゥはぶつぶついっていたけれど、あたしは残《のこ》ったお札《さつ》と硬貨《こうか》を橋の穴《あな》ぼこに隠《かく》し、石をのせた。いつかきっとこの子たちにも、どんなに夢が大事か教えてあげなくちゃ。

いつの日か、ラクはビーズの店を開き、あたしは先生になる。男の子たちも好《す》きな仕事につくんだ。だって、ラク、あなたのおかげで、みんなの財産《ざいさん》はどんどんふえるにちがいないんだから。

19　銀色の川の上で

ラクにおやすみのお話をしたあと、ムトゥのいびきがラクのいびきに合わせて、上がったり下がったりするのがおかしくて、あたしは耳を傾《かたむ》けていた。すると、アルルがテントからそっと抜《ぬ》け出《だ》す音が聞こえた。

あたしは興奮《こうふん》してちっとも眠《ねむ》くなかったので、テントを抜け出し、アルルのところへ行った。

アルルは橋の壁《かべ》のくずれたところにすわって、川を見ていた。「銀色に見えるな。銀色の川のお話、作れるんじゃない？」

「アルルだってお話作れるでしょ」あたしはアルルのとなりにすわった。

「おれは話をするの、得意《とくい》じゃないんだ。兄貴《あにき》は得意だったな。でもヴィジほどじゃない」

「どんなお話をしていたの？」

「イエスの話。聖書《せいしょ》にあるやつさ。あるとき、イエスはパンを五つと魚二匹《ひき》しか持っていませんでしたが、大群衆《だいぐんしゅう》全員に十分な食べ物を分《わ》け与《あた》えました」

「ここにイエスがいなくて残念《ざんねん》だわ。そんな魔法《まほう》が使えれば役に立つのに」

「魔法じゃなくて、奇跡《きせき》だったんだ」アルルの目は月に照《て》らされた川面《かわも》のように、明るく輝《かがや》いた。「兄貴《あにき》が話すのを聞けば、ヴィジだって信《しん》じるだろうさ。それか、神父様の話とかね。おれたちの神父様はすばらしい人だった。村の学校を運営《うんえい》していたんだよ。数学とか読み書きとか、あらゆることを教わったな。もちろん歌やお祈《いの》りも」

「あたしの大好《だいす》きな先生みたい」あたしはいった。

「家族みんなあの神父様が大好きだった。音楽も全員好きだったよ。兄貴や妹や母さんは、本当に歌がうまかった。父さんは気持ちよさそうにでっかい声で歌うんだけど、いつだって調子っぱずれなんだ」アルルは笑《わら》った。「だけど父さんは村いちばんの漁師《りょうし》でね。ほかの漁師の十倍も魚をとったんだよ。父さんは海のことを〈カダランマ〉っていっていた。〈母なる海〉っていう意味さ」

「いい名前」と、あたし。

「ああ、いい名前だ。じつはその〈母なる海〉が、おれの母さんを奪《うば》っていったんだけどな。妹も兄貴《あにき》も父さんもだ。ある日、海の水が遠くまで引いて、魚が地面ではねていたんだ。みんなは魚をつかまえようと、喜《よろこ》んでかけていった。ただ、おれだけはためらっていた。海の水がこんなふうに引くなんておかしいし、こわかったんだ。そうしたらつぎの瞬《しゅん》間《かん》、海が盛《も》り上《あ》がって、巨大《きょだい》なコブラみたいに襲《おそ》いかかってきて、そこにあったものをなにもかものみこんじまった。おれは走った」

アルルがなにをいっているのか、ほとんど理解《りかい》できなかった。その悪夢《あくむ》のような一瞬で、愛《あい》したものがすべて消えてしまうなんて。

「おれはどうして走ったんだろう」アルルがささやいた。「家族みんな死んじまうとわかっていたら、走ったりしなかった。でも、もうすぐ天国でまた会えるけどね」

アルルはきっぱりといった。そう信《しん》じることで、アルルは家族とつながっているんだね。死んだらまた家族といっしょになれると確信《かくしん》しているから、長生きにこだわっていないんだ。

だけど、あたしはこだわるよ。まるで生まれたときからの知り合いみたいに、アルルのことがすごく心配。アルルとムトゥのいない将来《しょうらい》なんて、考えられない。そう伝《つた》えたくてぴったりな言葉を探《さが》したけれど、結局《けっきょく》こういっただけ。「アルルが天国に行くのは、まだまだ何年も先だといいな」

「ああ。たぶんまだずっと待たなけりゃならないだろう」アルルはため息をついた。「神様はどうしておれを生かしたんだろうって、いつも不思議《ふしぎ》に思っているんだ」そして、笑《わら》いじわを浮《う》かべた顔をあたしに向けた。「きっと、この三人と友だちになりなさいってことかもな」

「三人と一匹《ぴき》よ。カティを忘《わす》れないで。家族の一員なんだから」

「三人と一匹ね」アルルはうなずいた。「算数が苦手でごめん」

20 登山隊《とざんたい》

「みんなでネックレスの作り方を教わらない？」翌朝《よくあさ》、あたしは提案《ていあん》した。「そのほうがもっとずっと稼《かせ》げるよ」

「だけど、クズ屋にはなにかしら持っていかないと、もらえる金をへらされるかもしれない」ムトゥが反対した。「それに、カマールたちに場所を取られちまうかも」

「町のゴミは毎日出るけれど、大学生は毎日ネックレスを買ってくれるわけじゃないからな」アルルも同調した。「ほかに買ってくれる人がいるかどうかなんて、わかんないし」

「あの大学生たちみたいに気前のいい人間なんて、めったにいないぜ」と、ムトゥ。

「ラク、ネックレスはあと何本残《のこ》ってる？」アルルが聞いた。

「ひとつ」ラクは売れ残ったネックレスを取り出し、指にぶら下げた。日光がネックレスに反射《はんしゃ》して、橋にちらちらと光が踊《おど》る。カティがその光に飛《と》びついた。

「ひとつ。ひとつ。いち、に、さん」

「一本だけ？　これじゃ、並《なら》べてもさまにならないな」ムトゥがいった。「またヒマラヤへ行こう。おいらたちが仕事しているあいだ、ラクは自分の仕事をすればいいよ」

あたしも賛成《さんせい》した。稼《かせ》ぐにはこっちのほうがいいよなんて、あんまりごり押《お》しして、男の子たちを不愉快《ふゆかい》にさせたくなかったから。どっちみち、じきにわかるだろう。ゆっくり、でも着実に、説得《せっとく》すればいい。あたしは自分の麻袋《あさぶくろ》をかつぎ、木の棒《ぼう》を拾って、勇敢《ゆうかん》な顔を作った。

「ヒマラヤに登る準備《じゅんび》はできてるか？」ゴミの山に着くと、ムトゥがたずねた。

きっと、いやだっていう気持ちが顔に出ちゃっていたんだね。アルルがちらっとあたしを見ると、こんなゲームをもちかけてきた。「今日はヴィジが隊長《たいちょう》になりな」

「え、なに？」

「おれたちは登山隊だろ？　ヴィジがチームを引っぱっていくんだ」アルルは地面に転がっていたゆがんだ金属《きんぞく》の棒で、大きな布《ぬの》をひとつきした。「ほら、旗《はた》を持って、隊長」

「わかった」あたしはアルルから旗を受け取り、兵士《へいし》のように背筋《せすじ》をのばして、インド国歌を歌った。「ジャナ、ガナ、マナ……」

ラクはビーズを置《お》いて、いっしょにメロディーを口ずさみ、カティは鼻づらをつき上げて遠ぼえした。

このゲームに気分が盛《も》り上《あ》がってきたとき、だれかのやじる声が聞こえた。「見てよ、カマール！　橋のやつら、新入りの女の、子分になってらあ！」

シュリーダルだ。ニルギリでけんかをふっかけてきた乱暴《らんぼう》な少年。あたしは顔をしかめて向かい合った。

「アッハハハ！　この女がおまえたちのリーダーになったのか？」シュリーダルの仲間《なかま》の別《べつ》の少年がばかにした。

「それがどうした？」と、アルル。

「だって……」シュリーダルはあっけにとられた。「女だろ！」

「インディラ・ガンディーだって女だぞ」アルルはいった。「彼女《かのじょ》はこの国の首相《しゅしょう》だっただろ？」

「ボス、あいつら知らないんだよ」ムトゥがいった。「無知《むち》だから」

「だれに向かってそんなこといってるんだ？」シュリーダルがこぶしを作った。

「そっちがけしかけたんだろ」ムトゥは両手を腰《こし》に当て、ひじを横に張《は》ってにらみ返した。

「どっちが先でもいい」アルルがふたりを引《ひ》き離《はな》した。「もうやめろ。仕事にかかるぞ。全員だ」

「よし」カマールがいった。

「どっちがたくさん集めるか、競争《きょうそう》しようぜ」シュリーダルがほかの三人の仲間《なかま》と向こうへ行きながら、挑発《ちょうはつ》してきた。「それでどっちができるやつか、わかるだろ」

「隊長《たいちょう》、どこから始めますか？」アルルがいった。

あたしはガラスやブリキ缶《かん》がたくさんありそうな山へ向かった。用心しながら、できるだけ上へ登る。そして、てっぺんに旗《はた》をつきさし、敬礼《けいれい》した。アルルとムトゥはあたしに敬礼し、みんなで仕事に取りかかった。

おぞましい悪臭《あくしゅう》が顔に襲《おそ》いかかるけれど、がんばって手を動かした。ありがたいことに、分厚《ぶあつ》い雨雲が、ラクやあたしたちを直射日光《ちょくしゃ》から守ってくれている。そのことに意識《いしき》を集中させた。

とうとうあたしたちの麻袋《あさぶくろ》はいっぱいになった。「これでよし」あたしはストップをかけた。

そして、あたしが先頭に立って、ラクが辛抱強《しんぼうづよ》く待っているところまで、一列縦隊《れつじゅうたい》で行進した。

「やめ」こっちが立ち去るのを見ると、シュリーダルは仲間《なかま》に叫《さけ》んだ。

あたしたちはクズ屋のある通りへ急いだ。クズ屋の前で、せっせと戦利品《せんりひん》を仕分けしていると、こっそりやってきたシュリーダルが、ゆがんだ金属《きんぞく》のお皿をかすめ取った。

「返せよ！　こっちのだぞ！」ムトゥが叫んだ。

「もうこっちのもんだ」シュリーダルはムトゥをつき飛《と》ばした。

「ムトゥ？」ムトゥがバランスを失《うしな》ってひっくり返ると、ラクは飛び上がった。「いたいいたい？」

カティがうなってシュリーダルの足首にかみついたので、シュリーダルは悲鳴を上げた。

「ラク、おいらはだいじょうぶ」ムトゥはにやっとした。「だけど、シュリーダルは痛《いた》い痛いみたいだぜ」

アルルがカティを引《ひ》き離《はな》したとき、カマールとほかの少年たちがシュリーダルに加《くわ》わって、大さわぎになった。

クズ屋のおやじがのっそりと小屋から出てきて、この光景《こうけい》を一瞥《いちべつ》した。「なんのさわぎだ？」

あたしはラクの手をにぎり、よごれがはりついた自分の足に目を落とした。

「こいつはだれだ？」おやじが近くに立ちはだかり、影《かげ》がラクをおおった。「また別《べつ》の女の子か？」

「はなげ」ラクがおやじを見上げて、見たままをいった。「みみげ」

あたしは思わず、ぷっと笑《わら》ってしまった。男の子たちからもクスクス笑いが聞こえる。

「おもしろいか？」おやじはラクを見た。「名前は？」

「ラク」

「ラ――ク――」おやじはラクのゆっくりした口調をおおげさにまねした。「家はどこだ？」

「答えなくていいよ、ラク」あたしはささやいた。

「秘密《ひみつ》ってか？」クズ屋のおやじはカマールたちに向かっていった。「おまえたちなら、この女の子たちがどこに住んでいるか知っているだろう？」

「橋の上に住んでる」シュリーダルがよけいなことをいった。

「だまれ！」カマールが低《ひく》い声でいった。「卑怯《ひきょう》なやつは仲間《なかま》からはずす」そういってシュリーダルから離《はな》れた。ほかの少年たちも同じようにした。

「橋の上だと？」クズ屋のおやじは鼻をかいた。「どの橋だ？」

カマールはぎゅっと口を結《むす》んだ。

「質問《しつもん》に答えないような礼儀《れいぎ》知《し》らずのガキとは取り引きできんな」おやじはぶつぶついった。「礼儀知らずには金をへらす」

だれも、ひとこともいわない。シュリーダルさえも。

「橋の上に
なんか住めるわけないだろう？　車にひかれて終わりだ」おやじはそういったものの、それ以上《いじょう》は聞かなかった。金をへらすと脅《おど》したのに、払《はら》いもいつもと同じだけくれた。

それでも、クズ屋のおやじはどうしていろいろ知りたがったんだろうと、あたしは不安《ふあん》だった。

21　逃亡《とうぼう》

その日稼《かせ》いだわずかなお金で、あたしたちは厚手《あつで》のビニールシートを買った。アルルがもうすぐ雨季《うき》がやってくるというので、すみかがぬれないようにするためだ。

「クズ屋のおじさん、あたしたちがどこに住んでいるか、なんで知りたがっていたんだろう？　こわいな」あたしはわらのござの下にビニールシートを広げながら、アルルにいった。「探《さが》しにきたりしないかな？」

「まさか」アルルはきっぱり否定《ひてい》した。「あのおやじはずるくていばりやだけど、わざわざ探しにくるほどまめじゃないさ」

「こんどはなんの心配してんだい、アッカ？」ムトゥがけらけら笑《わら》った。「おいらたちの大金が盗《ぬす》まれるかもしれないとか？」

「すみかを替《か》えたほうがいいと思わない？」あたしはいった。

「ええっ？　銀の川の上の宮殿《きゅうでん》を手放すっていうのか？」と、アルル。

「心配ないよ。おいらが追っぱらってやる」ムトゥが、がりがりの腕《うで》を曲げた。「見てくれよ、この筋肉《きんにく》」

そう、ラクとカティとアルルとムトゥがそばにいるんだもん。クズ屋は遠くだし。心配するなんてばからしいや。

その夜おそく、小雨《こさめ》がテントを打つパラパラという音に眠《ねむ》りかけていたとき、突然《とつぜん》大きな物音がして、平和が打ちくだかれた。あたしはテントから首を出してみた。

カティが入り口に立って、どこかをじっと見つめている。

「どうした？」アルルの眠そうな声がした。

男が悪態《あくたい》をつき、もうひとりの男がわめき返した。ひとりの声はわかった。クズ屋のおやじがここを見つけたんだ。

アルルがテントを仕切っているタオルをひっぺがした。「急げ。走るぞ」

「ラク」あたしはラクをゆり起こした。「起きて！」

ムトゥとあたしがラクの手を片方《かたほう》ずつ持って、テントから引き出した。そして、雨にぬれる橋をよろよろと歩きだした。

「ラ――ク――」クズ屋ともうひとりの男がよろめきながら向かってきた。「見つけたぞ」

「お金！」ムトゥが息をのんだ。「取りにもどらなきゃ」

「あとで取りにくればいい！」アルルがムトゥを前に押《お》しやった。「とにかく行くんだ！」

みんなで逃《に》げる途中《とちゅう》、アルルは立ち止まって、落ちていたコンクリートの塊《かたまり》を男たちに投げつけた。カティはうなりながら、男たちに飛《と》びかかっていった。痛《いた》そうな声が聞こえた。カティの声？　それとも男のうちのひとりの声？

大通りへ出たとき、カティとアルルが走ってきて追いついた。

「ふたりは隠《かく》れて」アルルがささやいた。「おれたちであいつらをまくから」

ぼんやりした街灯《がいとう》の光の中、ムトゥとアルルのはだしの足が暗い通りをどんどん進んでいく。いったんスピードを落とし、男たちが追ってくるようにわざと目立つ格好《かっこう》で走っている。

あたしとラクはわき道へ入り、暗い壁際《かべぎわ》でじっとしていた。ラクの手の感触《かんしょく》以外《いがい》、なんにも考えないようにした。骨《ほね》ばっているけれど、力強いラクの手。

ラッキーだった。男たちはアルルたちを追って、別《べつ》の道へ曲がっていった。

ラクはカティの上にかがんで、迷子《まいご》の子ネコみたいな声を出した。ときたま車がシューッと通りすぎていく。

ようやく、アルルとムトゥが息を切らしながらやってきた。

「行くぞ」アルルがいった。「もっといい隠《かく》れ場所《ばしょ》を見つけないと」

ラクはびくともしない。男の子たちがいくら励《はげ》ましてもだめだった。

「ラク、お願《ねが》い」あたしもいった。「もうちょっとだけだから」

ラクはカタツムリが殻《から》から頭を出すみたいに、ゆっくりと立ち上がった。それでまた手を引いて歩きだした。

あたしたちは大きな木々がそびえ立つ静《しず》かな道に出て、早足で歩いていった。

「ここだ」アルルが長い塀《へい》のところで立ち止まった。「ついてこい」

アルルは塀によじ登り、かがんだ。

「ラクから」あたしはラクをできるだけ高くかかえ上げ、アルルが引っぱり上げて塀の向こうへおろした。ドサッという、かすかな音が聞こえた。

カティはすばやく穴《あな》を見つけ、なんとかすり抜《ぬ》けた。

ムトゥはアルルに手伝《てつだ》ってもらって塀を乗り越《のこ》えた。いよいよあたしの番。

かすかな月の光に、ぬれた塀が光っている。何回かすべったけれど、とうとうよじ登り、向《む》こう側《がわ》のやぶの中にドサッと落ちた。

アルルも続《つづ》けてとなりにドサッとおりてきた。そのときだった、ここが墓地《ぼち》だと気がついたのは。

22　墓地《ぼち》

あたしは墓地を見まわしたけれど、ラクの姿《すがた》が見えない。「ラクはどこ？」

「遠くへ行くはずがない」アルルはかげになっているところを心配そうにのぞいた。「カティもいない。きっといっしょにいるんだろう」

「探《さが》さなくちゃ」声がふるえている。幽霊《ゆうれい》に丸のみにされちゃったんじゃないだろうか。

「分かれて探そう」

なにかが木の枝《えだ》をゆすった。

「こわくなんかないぞ」ムトゥがか細い声でいった。「こわくなんか……」

二、三歩墓地にふみ入ったとき、突然《とつぜん》ラクが目の前に飛《と》び出《だ》してきた。墓石《はかいし》の上に丸まっていたんだろう。

ムトゥが悲鳴を上げた。

「しーっ、なにやってんだ」と、アルル。「ラクだよ！」

「わかってるよ」ムトゥは強気だけれど、声がぶるぶるふるえている。「こわいふりしてただけ。ふざけてね」

ラクはまたかがんでぎゅっと丸まった。あたしはラクを抱《だ》きしめた。

カティが耳をピンと立てて、そばにすわっている。

「ムトゥ、こわがるなら橋の上の生きている男たちをこわがれよ」アルルがいった。「死んだ人をこわがるな」

そのとおりだ。生きている人間のほうがよっぽどこわい。それでも、あたしの肌《はだ》は冷《ひ》や汗《あせ》でじっとりしているし、のどもからからだ。

「金を取りにもどろうなんて、よく思ったな」アルルはムトゥをしかった。「墓場行《はかばい》きになるところだったぞ」

「結局《けっきょく》、墓場へ来たじゃんか」ムトゥがいい返した。

「殺《ころ》されて、墓場行きってこと」と、アルル。

「あいつら、アリだって殺せやしないさ」ムトゥがいった。「ぼんくらすぎて、なぐろうとしても当たりゃしない」

ラクがすすり泣《な》いた。あたしはラクの背中《せなか》をさすった。この数日、ラクはとても自信《じしん》を持っていた。ところが今は、父さんが怒《おこ》ったときのように、こぶしを固《かた》くにぎりしめている。

ラクはずっと長いことだまっていた。でもやっと、こうささやいた。「かえる？　はし？」

「今はここにいなくちゃいけないの。あの人たちから逃《に》げなくちゃいけないから。父さんから逃げたみたいに」

「かあさん」ラクはそっといった。

「あたしも会いたい。でも、ラクとあたしはいっしょにいるよ」

ラクはあたしの手をぎゅっとにぎり、カティのふわふわの毛に顔をうずめた。

「引《ひ》っ越《こ》してよかったよ」アルルがいった。「こんな平らなベッドがあるんだから、な、ラク？　冷《つめ》たくて気持ちいいよ」

「ベッド？」ラクはアルルの言葉を確《たし》かめるように、ためらいがちに墓石《はかいし》をたたいた。

「つめたい？　きもちいい？」

「ほんとだ」あたしはできるだけ明るい声で答えた。

「高級ホテルに泊《と》まるんだ」ムトゥがかん高い声でいった。「だけど、おいらはありがたいベッドより、あのでっかいガジュマルの木に登って、枝《えだ》の中で眠《ねむ》るほうがいいや」

「あんな幽霊《ゆうれい》のいるところでか？」アルルがいった。「ガジュマルの木の枝には幽霊が隠《かく》れているって聞くぞ」

「じゃ、この草の上にしよう」ムトゥは寝《ね》そべった。

「草、ぬれてるじゃない。かぜひくよ」あたしはいった。

「自分用の墓石《はかいし》を選《えら》べよ、ムトゥ」アルルは両手を広げた。「選び放題だ」

小雨はもうやんでいて、雲のうしろから月が顔をのぞかせた。

「ラク、おいで。ムトゥに教えてやろう」アルルはそういうと、ラクの手を取って歩きまわり、墓石を一つひとつさわって平らかどうか確《たし》かめた。

ムトゥは、アルルが選んだ墓石のすぐそばの墓石の前で立ち止まった。

アルルは暗闇《くらやみ》をすかして、墓標《ぼひょう》に書かれた碑文《ひぶん》を読んだ。「てことは、ムトゥはヴィンセント氏《し》の遺体《いたい》の上で寝るということだな。ありがとう、ヴィンセントさん。さ、こんどはラクの番だ。どこがいい？」

ラクはこれも近くの墓石を選んで、あおむけになった。あたしはラクの横にすわり、おでこをなでた。

ラクはずっとふるえていた。こわいからなのか、冷《つめ》たい雨でぬれたからなのかわからない。やっとふるえがおさまったので、眠《ねむ》ったのかと思った。でも、ラクはこういった。

「おはなし?」

「おはなし」ムトゥもいった。

「おはなし」アルルもまねをした。

「むかしむかし、姉さんと妹、そして兄さんと弟が、魔法《まほう》の国に住んでいました」あたしはいった。

「やっとおいらたちを入れてくれたよ」ムトゥがいった。にこにこ笑《わら》っているような声だった。

23　結婚式《けっこんしき》のごちそう

目がさめたとき、空がどんよりしていたので、今が何時なのかわからなかった。夜じゅう、血に飢《う》えた蚊《か》のブーンという音で何回も目が覚《さ》めていたし、さされた腕《うで》がかゆい。かきむしらないようにしなくちゃと、体を起こしてのびをした。

「もう起きろ、ねぼすけたち！」アルルがあたしとムトゥに声をかけた。

ラクとアルルはもう、墓地《ぼち》の向こうはしまで探検《たんけん》に出かけていた。そのあたりの草はぼうぼうで、アルルやムトゥの髪《かみ》の毛《け》みたい。もっとも、あたしやラクの髪がぼさぼさじゃないってわけじゃないけれど。

「隠《かく》れるにはいい場所ね」あたしはいった。墓標《ぼひょう》に書かれた碑文《ひぶん》は消えかかっていて、何年も手入れされていないようだ。高い塀《へい》はところどころくずれかけてはいるけれど、道行く人たちからは、あたしたちをほとんど隠してくれている。「あの橋より人けがなくて、だれにも見つからないよね」

「朝めし、どうする?」ムトゥがあくびした。「腹《はら》へったよ」

「へった」ラクがいった。

「聞いて驚《おどろ》くなよ」もどってきたアルルが発表した。「おれたち、結婚式《けっこんしき》のごちそうに招《しょう》待《たい》されていたんだ」

「結婚式?」と、あたし。

「そうだった。結婚式のこと、すっかり忘《わす》れてたよ、ボス」ムトゥはアルルにウィンクし、頭にターバンを巻《ま》くふりをした。「おいらのターバン、まっすぐになってる?」

「ああ、でもおれのほうがかっこいいぞ」アルルがいった。

「ドン、ドン、ドン」ムトゥが太鼓《たいこ》をたたくふりをしながら、行進を始めた。「婚礼の行列に加《くわ》わらない、ラク?」

男の子たちに、なにをたくらんでいるの? なんて聞かなかった。ラクが自信《じしん》と勇気《ゆうき》を取りもどしたように、ムトゥに笑顔《えがお》を返したのを見て、ぞくぞくするほどうれしかったから。

「ドン、ドン、ドン」ラクはムトゥと並《なら》んで歩いた。「ドン、ドン、ドン」

アルルがラッパを吹《ふ》く格好《かっこう》をしてあとに続《つづ》く。

家を失《うしな》ったのに、三人とも元気いっぱいだ。あたしももう心配するのはやめて、今の状《じょう》況《きょう》に満足《まんぞく》しよう。

「おとぎ話のお城《しろ》くらい広い！」行進してきて立ち止まったところは小高い丘《おか》だった。そこから結婚式場《けっこんしきじょう》をのぞいたあたしは、思わずそういった。「これを見るだけでも、はるばる行進してきたかいがあったわ！」

低《ひく》くて白い塀《へい》の向こうには、柱のある部屋が見える。そこでは結婚したばかりのカップルが、僧侶《そうりょ》と向かい合って足を組んですわっていた。花嫁《はなよめ》は数えきれないほどのアクセサリーを身につけている。庭の木々は、きらきら光る電飾《でんしょく》で豪華《ごうか》に飾《かざ》られているけれど、それとそっくりだ。

「金持ちだな」ムトゥがいった。「こんな真っ昼間から木にライトをつけてるんだから」

会場の音楽がだんだん大きくなった。太鼓《たいこ》の音とナーダスワラム（インド南部の、オーボエに似《に》た楽器《がっき》）の音はとても大きく、ここまで聞こえてくる。

「なんで結婚式では、あの変《へん》なラッパを吹《ふ》くんだろう？」ムトゥがいった。「声のつぶれたカエルみたいな音だよ」

「きれい」ラクがちょっと調子っぱずれにハミングした。「きれい」

「そうだな」アルルがにこっと笑《わら》った。「静《しず》かにしていろよ、ムトゥ。まったく文化のわからんチビなんだから。ラクとおれは音楽を楽しんでいるんだ」

たくさんの招待客《しょうたいきゃく》が立って、新郎新婦《しんろうしんぷ》にバラの花びらのシャワーを浴《あ》びせた。「ちょうどいい」アルルがいった。「これから宴会場《えんかいじょう》へ移動《いどう》するぞ。裏《うら》にあるんだ。ついてこい」

招待客が並《なら》んで新郎新婦におめでとうといっているあいだに、あたしたちは丘《おか》をおり、式場の裏にまわった。あけっぱなしの窓《まど》から、バナナの葉のお皿がのっている長いテーブルが見える。給仕《きゅうじ》たちが、湯気の立つ料理《りょうり》が入った大きな鉢《はち》をかかえてやってきた。

「すっげえごちそう!」ムトゥはうっとりしている。

あたしはというと、お客たちがあんまり食べないのにびっくりしてしまった。バナナの葉っぱにまだ食べ物がたくさん残《のこ》っているのに、給仕たちは下げてしまったのだ。

「さあ、おいらたちのごちそうの時間だ」ムトゥがいった。男の人が結婚式場《けっこんしきじょう》の裏門から出てきて、袋《ふくろ》をいくつかゴミ箱に捨《す》てた。

男の人が行ってしまうと、ムトゥはスキップしながらゴミ箱へ行き、上で飛《と》んでいる二羽《わ》のみすぼらしいカラスをシッシッと追《お》い払《はら》った。

ムトゥは皮のついたままのバナナを一本取り出すと、勝《か》ち誇《ほこ》ったように高くふった。それからもう一本。また一本。

ムトゥはそれを全部ラクにくれた。

アルルも加《くわ》わり、ふたりでいろいろなものを掘《ほ》り出《だ》した。金色のラドゥ（丸いドーナツのようなお菓子《かし》）。食べかけのもあるし、手つかずのもある。お菓子を捨《す》てるなんて信《しん》じられない。まるまる捨てるのもそうだけど、こんなによだれが出るほどおいしいものを、たったひと口かじってやめるなんて、なお信じられない。

爪《つめ》のあいだにこびりついた泥《どろ》は無視《むし》し、知らない人の食《た》べ残《のこ》しだということも考えないようにして、あたしは甘《あま》いお菓子を口につめこんだ。

「うまい」アルルが食べ物でいっぱいの口で、もごもごといった。「これ食べてみな、ラク」あんまりおなかがすきすぎて、アルルはお祈《いの》りも忘《わす》れている。

「いや」ラクはいった。

「ラドゥは好《す》きじゃないの？　ほかのお菓子、食べてみる？」ムトゥがシロップのたっぷりしみたグラブジャムン（世界一甘いといわれているお菓子）を一つ、くっついているごはん粒《つぶ》や野菜《やさい》を取りのぞいて、ラクにわたした。「これなら気に入るよ。バラの花びらのにおいがするよ」

「おかし?」ラクはけげんそうに、黒っぽくてべたべたする丸いもののにおいをかぎ、お姫《ひめ》さまみたいに上品にかじった。あたしや男の子たちは、つぎからつぎへと葉っぱに残《のこ》ったごちそうを平らげて空腹《くうふく》を満《み》たした。

「ほら見て、ラク」ムトゥが、まわりを飛《と》びまわっているハエの大群《たいぐん》をさした。「ごちそうがうますぎて、呼《よ》んでもいないお客が寄《よ》ってくる」

そのとき、やせこけた牛が歩いてきた。カティが牛に向かってほえた。

「しーっ!」ラクは人さし指をくちびるに当てて、カティにいった。

「いっただろ?」と、ムトゥ。「呼んでもいないのに、小さいのも大きいのも来るんだ!」

牛はあっちへ行こうとしたけれど、ラクはバナナの葉っぱを一枚《まい》丸めると、牛にさし出した。

牛はおとなしくクチャクチャかみだした。ラクは牛にもたれかかり、やさしい声で歌を歌った。

24　最高《さいこう》の家

「ああ、うまかった」ムトゥは手《て》の甲《こう》で口をぬぐった。「これでもう、なんでもできるぞ」

「よし」アルルはいった。「おれたちの荷物を取りにいかないと――残《のこ》っていればだけど」

「ラク隊長《たいちょう》」ムトゥがラクに敬礼《けいれい》した。「橋へ行って、回収《かいしゅう》できるものを回収してきましょう」

ラクとカティが先頭に立って、みんなで橋へ行ってみると、荷物があちこちに散乱《さんらん》して、まるで戦場《せんじょう》のようになっていた。

テントを張《は》っていたところには、あざやかな色の布切《ぬのき》れが何本か、楽しそうにパタパタはためいている。コンクリートの壁《かべ》からつき出た鉄の棒《ぼう》には、ぼろぼろのT《ティー》シャツが引っかかって、敗軍《はいぐん》の旗《はた》のようにだらんと下がっている。

「手当《てあ》たり次第《しだい》になんでもやぶくなんて、信《しん》じられない」あたしはいった。

「どっちにしろあのTシャツはやぶけていたけどね」ムトゥは肩《かた》をすくめた。「そんなに損害《そんがい》はないさ。それに、なんでもやぶいていったわけじゃないぞ。ほら！　防水《ぼうすい》シートはちゃんとある」

でも、ラクはショックを受け、みるみる目に涙《なみだ》をためた。「いや！　いや！　いや！」

カティがラクの足に体をこすりつけ、ラクはしゃがんでカティを抱《だ》きしめた。あたしは

ラクのすぐ横にドスンとくずれおち、壁《かべ》にもたれた。

「ぜんぶ、ない」ラクは、屋根を結《むす》んでいたロープの、ほどけた結び目をなでた。

「そんなことないぞ」ムトゥはかがんで、足元でキラキラ光る小さなビーズをつまみ上げ

た。「これ見て。探《さが》せばもっとあるよ」

ラクはビーズを受け取ると、だんだん明るい表情《ひょうじょう》になった。雨雲のかげから太陽が顔を

のぞかせたみたいに。ラクとムトゥはビーズの残《のこ》りを集め始め、あたしはお金を隠《かく》した穴《あな》

ぼこを探した。あった。あった！

「取っておいたお金があったよ」あたしは大声でいった。

「ヴィジの本もあった！」アルルは本を持ってきてくれた。ゆうべの雨でページが少し

くっついてしまっている。

ぬれているけれど、あたしはその本を胸《むね》に抱きしめた。お金よりずっとうれしい。パル

バティ先生からの贈《おく》り物《もの》は、夢《ゆめ》をずっと持ちつづけてもいいよっていう、しるしなんだ。なにもかも失《うしな》っても、きっと進むべき道はある、そんなしるし。

ラクがビーズを指でつまんで、くるくるといじりながらやってきた。あたしたちは腕《うで》を組んだ。

「また新しいすてきな家を作れるさ」ムトゥが防水《ぼうすい》シートをたたいた。「ここにする？　前のテントはうすっぺらだったけど、こんどはもっとじょうぶなのが作れるよ」

「だめよ」あたしはいった。「またあいつらが来たらどうするの？」

「そのとおり。墓地《ぼち》のほうが安全だ」アルルがいった。「あそこならだれにも見つからない」

「だけど、あんなとこ家じゃないよ！」ムトゥがいった。

「ここだってな」と、アルル。

「家だったよ！」と、ムトゥ。「りっぱな屋根や壁《かべ》がなかったら、家っていわないのか？　ここは今まで住んだ中で最高《さいこう》のところだ。ラクやアッカのお城《しろ》は別《べつ》として」

「お城なんて想像《そうぞう》じゃないか！」と、アルル。「お城になんて住んだことないだろ、おれたちだれも」

「おいらの頭の中では、お城が家なんだ」ムトゥはいいはった。「そこはだれにも壊《こわ》されない。絶対《ぜったい》に」

「そうね。いつでも心にお城《しろ》があるわ」あたしはそういうと、ムトゥのほうへ行って片腕《かたうで》でムトゥの肩《かた》を抱《だ》きしめた。「でもね、墓地《ぼち》でもきっと家が作れるよ」

あたしはつま先で、橋の、くずれかけたコンクリートの壁《かべ》をこすった。テントを住みやすくするためにお金を使ったっけ。橋は廃墟《はいきょ》だけれど、輝《かがや》く川の上で暮《く》らすのは、魔法《まほう》みたいなところがあった。寒い日でも、両親と住んでいたうすよごれたアパートより、家らしかった。

「あたしも行きたくないのよ、ムトゥ」あたしはいった。「だけど、どうしようもないの。仕事を見つけなくちゃ。お金がなくなっちゃう。ラクのビーズはもうほとんどないし、ヒマラヤへもどるのは危険《きけん》すぎる。あのクズ屋に近すぎるからね」

「ヒマラヤへ行く必要《ひつよう》はない」アルルがいった。「ゴミの山はあちこちにあるだろう？働《はたら》く場所はいくらでもある。クズ屋だってほかにあるし」

「そうだよ、アッカ。心配ないさ」ムトゥが音をたてて息を吸《す》いこんだ。「この街《まち》はでかくていいにおいだ。おいらたち、どの地区はどんなゴミのにおいがするかわかるんだぜ。

アッカたちもそのうちプロになるよ」

「すてき」あたしはぼそっといった。「あたしの人生の目的《もくてき》は、街《まち》のゴミ地図を作ることだったんだ」

「だいじょうぶ」アルルがいった。「ビーズをたくさん買って、ラクのネックレスの商売を始めればいい。そうしたかったんだろ？　なにしろおれたちにまだ金があるのは、ヴィジとラクのおかげだもんな」

「うん！」あたしはうれしくなった。アルルがとうとうラクのビーズビジネスを認《みと》めてくれたんだ。

「おれたちふたりがゴミの山で働《はたら》いているあいだに、ビーズを買ってくればいい」アルルがいった。「でもまず、荷物を墓地《ぼち》に持っていこう」

歩きながら、ラクとムトゥは遊び始めた。コンクリートのかけらをボールみたいに投げ上げて、落ちる前につかむのだ。カティが鼻づらを上げたり下げたりしながらついていく。ラクがこんなに強くいてくれてうれしい。とはいえ、これからの人生にも、上《のぼ》り下《くだ》りはあるだろう。ラクが投げ上げてはつかんでいる、コンクリートのかけらのように。

25　暗闇《くらやみ》に灯《とも》るろうそく

アルルはまっすぐに墓地《ぼち》へは行かなかった。みんなをつれて、見たこともない通りへやってきた。

「この近くに教会があるんだ」アルルはいった。「教会へ行って、神様への感謝《かんしゃ》のしるしにろうそくを買おう」

「感謝？」ムトゥがアルルをまじまじと見た。「なにに？」

あたしも自分の耳が信《しん》じられなかった。「クズ屋がなにもかも持っていったことを、神様に感謝してるの？」

「なにもかも持っていったわけじゃない」アルルはそういうと、あたしの手を取ってつなぎ、もう一方の手をラクとつないだ。「な？」

うん、たしかにそう。

あたしたちは輪《わ》になり、けっして切れないネックレスのように、しっかり手をつないだ。

「犬は立《た》ち入《い》り禁止《きんし》だ」教会に着くと、アルルがいった。「ラク、みんなが出てくるまで、カティをここで待たせておくことはできるか？」

「まってて」ラクはカティの頭をポンポンとたたいた。「まってて」

「すぐもどってくるからね、カティ」あたしはいった。「荷物を見ていてね」

「おいらたちの荷物は豪華《ごうか》だから、だれでも盗《ぬす》みたくなっちまうもんな」ムトゥは冗談《じょうだん》をいいながら、橋から回収《かいしゅう》してきた荷物を置《お》いた。

アルルが、あたしたちのうしろで教会のとびらをしめると、カティのクンクンいう鳴き声が聞こえたけれど、ラクには聞こえなかったようだ。ラクとあたしは、教会は外からしか見たことがない。教会の中は暗くて静《しず》まりかえっていた。虹色《にじいろ》の窓《まど》を通して、かすかな光がさしこんでいる。正面には、神様や女神様《めがみさま》の石像《せきぞう》のかわりに、木の十字架《じゅうじか》がかかっていて、頭にいばらの冠《かんむり》をかぶったイエスが血を流している彫像《ちょうぞう》があった。

「いたいいたい！」ラクがささやいた。「いたいいたい！」

「作り物だからだいじょうぶよ、ラク」あたしはささやき返す。「生きてないの」

「神様だよ」アルルがおごそかな声でいった。それからみんなをつれて、ろうそくが何列も並《なら》んでちらちらと燃《も》えているところへ行った。アルルは硬貨《こうか》を箱に入れ、一本のろうそくに火をつけた。

「ろうそくに火をつけて、イエスと聖母《せいぼ》マリアに感謝《かんしゃ》するんだ」アルルは説明《せつめい》してくれた。「そして、わたしたちをお守りくださいと祈《いの》るのさ」

「ただ祈るだけじゃだめなの？」あたしはいった。「お金を使わなくちゃだめ？」

ムトゥがクスクス笑《わら》った。

アルルは自分のろうそくを、ほかのろうそくの横に立てた。ラクは、ビーズのネックレスを作るときと同じくらい熱心《ねっしん》に見つめていた。

すると、アルルはラクにも、ろうそくを持たせた。

「気をつけて、ラク。火は熱《あつ》い熱いよ」あたしはいった。ラクは器用《きよう》だってわかっているけれど、注意しないではいられない。火のついたろうそくを持ったことはないんだから。ラクにけがさせないようにって、すぐ思っちゃう。だからって、いばっているように聞こえなければいいいんだけど。「ろうが落ちてくると、熱いよ」

アルルが両手でラクの手を包《つつ》み、ろうそくをいっしょに持ってくれた。ラクはちゃんと所定の場所に立てられた。

「もういっかい?」ラクがいった。

ムトゥとあたしは、すべすべの木のベンチにドサッと腰《こし》かけて、アルルがラクにもう一本買ってやり、火をつけてやるのを見ていた。そしてまたもう一本。

ラクの手は少しふるえていたけれど、まなざしはしっかりと集中している。舌《した》がちょろっと出ている。

「もういいでしょ?」あたしはいったけど、ラクは聞いていない。

「ラクは神様の声を聞いているんだ」アルルがささやいた。

「お金を全部ろうそくに使っちゃうの、やめてっていう声が、聞こえないなんて最悪《さいあく》」あたしはムトゥに耳打ちした。「もう一文無《いちもんな》しになっちゃうよ」

でも、ラクが本当に敬虔《けいけん》なようすなので、これ以上《いじょう》いうのはやめた。

ラクはろうそくの前にひざまずき、ゆれる炎《ほのお》に目をこらして、まさにこの時間に溶《と》けていくようだった。

それにあの小さな炎たちは、とても美しい。しんと静《しず》まった教会で、音楽を聴《き》いているかのように踊《おど》っている。まるで生きているようだ。ろうそくなりの生き方で生きている。

これからなにが起こるのかなんて心配することなく、過去《かこ》にどんなことがあったかなんて思い出すこともなく、その時、その場所で生きているんだ。

突然《とつぜん》カチッという音がして、空想から現実《げんじつ》に引きもどされた。あたしたちのようすをずっと見ていたらしい親切そうな女性《じょせい》が、バッグの留《と》め金《がね》をカチッとあけて、中をさぐっていたのだ。あたしと目が合った。

「ほどこしはいりません」きっとお金をくれようとしているんだ。

「お金じゃないの」女性は小さな長方形の名刺《めいし》をさし出した。「読める？」

「はい、もちろん」あたしは名刺をさっと取ると、うそじゃない証拠《しょうこ》に声に出して読んだ。「ドクター・セリーナ・ピント、働《はたら》く児童《じどう》のための安全ホーム」。その下に住所が書いてある。通りの名前と番地だ。この通りは聞いたことがある。街《まち》の中でもいい地区にあったはず。

「わたしはセリーナおばさん」女性はいった。「子どものためのホームを運営《うんえい》していて、学校へ行ったり仕事を覚《おぼ》えたりするお手伝《てつだ》いをしているのよ」

「学校！」あたしの興奮《こうふん》した大声が教会じゅうに響《ひび》きわたった。ああ、ついに、夢《ゆめ》をかなえてくれる人に出会った。

「ただでいろいろしてもらう必要《ひつよう》はないです」アルルがうっとうしそうにいった。「おれたち働《はたら》くんで」

「ホームの子たちも働いているわ」女性《じょせい》はいった。「ホームのそうじをしたり、規則《きそく》を守ったりして、わたしがしてあげることに返してくれているの。規則っていうのは、タバコを吸《す》わない、うそをつかない、盗《ぬす》みをしない」

「盗み？」長い衣《ころも》を着た男の人が、祭壇《さいだん》のすぐ横のドアから入ってきた。こんなところにドアがあったんだ。男の人は不安《ふあん》そうな目でちらっとあたしたちを見た。「この迷子《まいご》たちは盗みを働こうとしていたんですか、ドクター・セリーナ？」

「盗んではいませんわ、神父様。ろうそくに火を灯《とも》していたのです」セリーナおばさんは説明《せつめい》し始《はじ》めた。

だけど、男の子たちはこれ以上《いじょう》ぐずぐずしていたくなかったようだ。

「行くぞ、アッカ」ムトゥは教会から走り出た。アルルがラクの手を引き、あたしもついていった。雲のあいだからちょっとのぞいた太陽に、ラクは顔をしかめてまばたきした。

「ボス、また別《べつ》の教会を探《さが》したいんじゃない？」ムトゥがアルルにいった。「あの神父さんがおいらたちをどろぼう扱《あつか》いしないで、警察《けいさつ》につき出さなかったから、それを感謝《かんしゃ》するためにさ？」

「神父様は、神の家（教会のこと）にいる子どもたちを責《せ》めたりはしない」アルルはそういったけれど、自信《じしん》たっぷりってわけでもなさそう。

「まあとにかく、あの神父さんがあらわれてよかったよね」あたしはいった。「そうでな

きゃ、ろうそくに全財産《ぜんざいさん》つぎこんじゃっていたもん」

「ラクの信仰《しんこう》にあふれた顔、見たか？」と、アルル。「ラクの魂《たましい》はまちがいなく天国へ行

くな。おれの魂といっしょに」

「それはよかったこと」と、あたし。「でもそろそろ、残《のこ》ったお金でおなかの世話もさせ

てもらえない？」

26　お姫《ひめ》さま気分

　教会をあとにして歩いていると、銀色の細かい雨が降《ふ》ってきた。あたしは不安《ふあん》な気持ちで空を見上げた。もう雨季《うき》が始まっていて、今はほんの小雨《こさめ》だけれど、しばらくするとどしゃ降《ぶ》りの日が続《つづ》くだろう。このところ何年もモンスーンがひどく、その時季はとぎれることなく大雨が降りつづくのだ。

「チャイ?」ラクは蚊《か》にさされたひじをかきながらいった。「チャイ!」

「いいね、ラク!　チャイ屋のおばさんのところへ行ってみよう。まだビーズが残《のこ》っているかもしれないし」

　あたしは男の子たちにチャイ屋のおばさんの話をした。あとで墓地《ぼち》で会うことにして、あたしたちは別《わか》れた。男の子たちは新しいクズ屋を見つけにいき、ラクとあたしとカティはチャイ屋へ向かった。

　店に着くと裏《うら》へまわり、ためらいがちに裏口のドアをノックした。すると、おばさんが出てきてにこにこと笑《わら》った。

「ヴィジ！　どうしたかなあと思っていたんだよ！　ラクも！　なんだか背《せ》が高くなったようだね。背中がピンとして、すてきだよ」

「ラク、すてき」ラクは満足《まんぞく》そうに、あごをもっと高くつき出した。

「また会えてうれしいです、おばさん」あたしはいった。

「ちょっとそこで待っていて、チャイを持ってきてあげる」あたしたちがまた来て、おばさんはとてもうれしそうだけど、キッチンへは入れてくれなかった。こんなにみすぼらしい姿《すがた》になっているんだもの、無理《むり》もない。

数分後、おばさんは湯気の立つチャイがなみなみと入った、発泡《はっぽう》スチロールのカップを二つ持ってきた。

「さあ、話しておくれ、ヴィジ」あたしたちがチャイをフーフーとさましていると、おばさんはいった。「どうしていたんだい？」

「友だちとゴミを売って、やりくりしています」あたしはいった。「でもラクは、おばさんに教えてもらったとおりにネックレスを作って、売りました。ただ、もうビーズがなくなっちゃって。まだあったら、少し貸《か》してもらえませんか？」

「いいとも」チャイ屋のおばさんはまたキッチンへ入っていき、ビーズの入った小さな袋《ぶくろ》を持って出てきた。このあいだくれたのよりも、ずっと少なくてきれいでもなかったけれど、またネックレスを作るには十分だ。「ラクのために取っといたんだよ、また来るかもしれないと思って」

「ビーズ！」ラクがあんまりぎゅっと抱《だ》きしめたので、ビニール袋《ぶくろ》がカサカサいった。

「ラクのビーズ」

「週末《しゅうまつ》にはビーズ代を払《はら》います」あたしはいった。

「なにいっているんだよ。これはプレゼント。どのみち週末にはもういないからね。来てくれてよかった、あんたたちにいえて。わたしらは街《まち》から出ていくんだよ」

「出ていく？」あたしはおうむ返しにいった。おばさんのことはそんなによく知っているわけじゃないけれど、街で会った、たったひとりのお母さんみたいな人だった。「そんな、残念《ざんねん》です、おばさん」

「悲しまないで。旦那《だんな》の兄さんが村で仕事を手伝《てつだ》ってほしいっていうのさ。わたしはうれしいんだよ」

ラクがくしゃみをした。それを見たおばさんはもう一つプレゼントをくれた。黄色い粉《こな》をひと袋《ふくろ》。

「毎日牛乳《ぎゅうにゅう》にまぜて飲んでごらん」おばさんがアドバイスしてくれた。「ターメリック（ウコン）とほかの薬も入っているから。病気にならないよ。もうじきモンスーンがひどくなるからね」

「ありがとう、おばさん」牛乳を買うお金なんかないんです、なんて、わざわざいわなかった。水に粉《こな》を溶《と》かせばいいからね。

店のほうから男の人の声がした。チャイ屋のおばさんは急におしゃべりをやめた。「最《さい》後《ご》にまた会えてよかったよ。がんばってね」

チャイ屋を離《はな》れてから、ラクとあたしは、ネックレスを作るのにいい場所を探《さが》してうろうろした。歩道ぞいに、花火や爆竹《ばくちく》をたくさん積《つ》んだ屋台がいくつも出現《しゅつげん》している。それを見て思い出した。もうすぐ〈光《ひかり》のフェスティバル〉（毎年十月か十一月に行われる、インドのヒンドゥー教《きょう》の祭り）だ。

ラクはこのお祭りが大きらい。大きい音が苦手なのに、道という道で花火が打ち上げられたり、爆竹が鳴らされたりするから。

あたしたちは公園を見つけて、大きな木の下のベンチに腰《こし》かけた。太い枝《えだ》が小雨《こさめ》をさえぎってくれる。大きなペットボトルを見つけたので、雨水をためて飲み水にしようと、地面に埋《う》めた。雨季《うき》には心配事が一つへるんだ。空から直接《ちょくせつ》飲み水が手に入るからね。

カティは小さなゴミの山に鼻をつっこんで、食べ物を探《さが》している。毛がぬれて光っている。

「ラク」あたしはいった。「ネックレスの作り方、教えてくれる？」

でも、ラクは教えるのがうまくなかった――あたしがいい生徒《せいと》じゃないのかもしれない。ラクのやり方を見てまねしてみたけれど、ビーズを二、三粒《つぶ》糸に通すだけで、気の遠くなるような時間がかかった。あたしはラクとはちがって不器用《ぶきよう》だ。あたしがさわると、ビーズが指から逃《に》げて転がっていってしまうし、ラクのネックレスをすばらしいできばえにしている、複雑《ふくざつ》な結《むす》び目《め》や輪《わ》っかをどうしても作れない。こぼしたビーズを拾おうと、あたりをひっかきまわしていると、うしろで女の子の声がした。

「これいる？」ふり返ると、目の前に女の子が立っていた。透明《とうめい》なレインコートの下に学校の制服《せいふく》が見える。肩《かた》からカーキ色の学生かばんを下げている。

「これいる？」女の子は箱をふりながらくり返した。「あげる。ね？」

箱に印刷《いんさつ》されたオレンジクリームクッキーのきれいな絵が見える。口をあけたら、カティよりもひどくよだれがたれてしまっただろう。

「ママが、お金はあげちゃいけませんっていったの」女の子はしゃべりつづけた。「でも、食べ物ならいいって」

あたしは女の子をにらみつけた。「あたしたち、なんか恵《めぐ》んでくださいっていった?」

「ううん……」女の子はまゆをひそめた。「じゃ、物乞《ものご》いじゃないのね。でもお金ないんでしょ」

そりゃそうだけど。

「貧《まず》しい子どもに食べ物をあげるのはいいことなのよ」女の子は自信《じしん》たっぷりにいうと、うれしそうににっこりした。「だから、クッキーをどうぞ」

ラクはくしゃみをすると、そでではなをぬぐい、ビーズの仕事を続《つづ》けた。

「さあ、ほら」女の子はなだめるようにいった。「受け取って」

「ほかの人を見つけてよ」あたしはこれ以上《いじょう》ないほどいやな顔をしてやった。

「お願《ねが》い。毎日一ついいことをしなくちゃならないの。先生がそういったんだけど、きのうはしなかったの。うそはつけなかった。親友のミーナはきのう二つもいいことをしたのよ。もしあたしが今日もいいことをしなかったら、ミーナに笑《わら》われちゃう。だからお願い。ね？」

女の子はせっぱつまったようすでクッキーの箱をふっている。お願《ねが》いしているのはこの子のほうだ、あたしじゃない。

「いいよ」あたしはいった。

「ありがとう！　ありがとう！」女の子はクッキーをあたしの手に押《お》しつけると、走り去った。

あたしはクッキーの箱を手の中で転がしながら、かわいそうな家来の望《のぞ》みをかなえてあげたお姫《ひめ》さまみたいな気分になっていた。

27　おなかのすいた幽霊《ゆうれい》

しばらくして、ラクはシンプルなネックレスを二本仕上げた。あたしは半分だけ。ラクの作ったのをなんとか一本売ったけど、ほんのスズメの涙《なみだ》くらいのお金にしかならなかった。でも、がっかりしないようにした。ネックレスをもっとたくさん並《なら》べれば、きっとまた売り上げは上向くだろう。

「さあ、もどろうか」あたしはいった。「雨やんだみたいよ」

墓地《ぼち》へ歩いているあいだ、雲の切れ間から弱い日がさしていた。雨季《うき》の最中《さいちゅう》でも、昼も夜もずっと雨が降《ふ》りつづくことはほとんどない。でも、いくら小雨《こさめ》だったとはいえ、長いこと外にいたので、ラクもあたしもびしょぬれだった。

太陽がかわかしてくれるだろう。服の着替《きが》えはないんだ。

墓地に着くと、待っていた男の子たちのところへ、カティが走っていった。

「どうだった？」あたしは聞いた。

「だめだ」アルルがいった。「前に見たことのあるクズ屋へ行ったんだけど、なくなっていたーーあのへんのスラム街《がい》は取《と》り壊《こわ》されたんだ。ショッピングセンターを建《た》てるらしい」

「建てるっていえばさ、新しいすみかを建てるのにぴったりな場所を見つけたよ！」ムトゥが一本のガジュマルの木の下の墓石《はかいし》を示《しめ》した。ほかのよりも広い。「それに、きれいなビニールのテーブルクロスもある！」

そんなにきれいじゃないけれどね。ゴミの山から拾ってきたテーブルクロスは、ゴミのにおいがするんだもん。ムトゥがこんなにはしゃいでいるのだけが救《すく》いだ。

男の子たちがいうには、この大きな墓石を床《ゆか》にして、まわりにテントを張《は》る。そうすればぬれた地面からは上がっているからだいじょうぶ、ということだ。テントのポールにするために、ラクとムトゥは落ちている枝《えだ》を何本か引きずってきた。それをみんなでできるだけ深く地面につきさした。男の子たちが手に入れてきたロープを使って、防水《ぼうすい》シートの四隅《よすみ》をポールのてっぺんに結《むす》びつけ、屋根を作った。屋根ができたあとは、もう一枚《まい》の防水シートをできるだけしっかりと張って、ペラペラの壁《かべ》を三方に作った。あいているところにはテーブルクロスをぶら下げて、あけしめのできるドアにした。

「タイヤのかけらを三つ見つけたから、枕《まくら》にすればいい」アルルがいった。「おれはいらない。こんどは新しいむしろを見つけてくるよ」

ムトゥといっしょにタイヤの枕を並《なら》べていたラクが、体を折《お》り曲《ま》げて激《はげ》しいせきをした。あたしは急いで、チャイ屋のおばさんからもらった粉《こな》を、ペットボトルに集めた雨水にまぜた。苦いので、アルルとあたしが飲むお手本を見せてあげた。だけどムトゥが大さわぎ。「こりゃ毒《どく》よりひでえ味だ」とわめいた。でも、あとでクッキーをあげるからというと、ようやく飲みこんだ。

ラクにはひと口も飲ませられなかった。最初《さいしょ》のひと口をペッと吐《は》き出《だ》し、そのあとはなにも食べたり飲んだりしなくなっちゃったのだ。アルルが持ってきたバナナも、あたしたちがもらったクッキーも食べない。

「いくら体にいいものかもしれないけど、ラクが食欲《しょくよく》をなくすようなもの、おいらたちには迷惑《めいわく》だな」ムトゥがいいきった。

みんなで新しいねぐらへ、ぎゅう詰《づ》めになって入った。ぎゅう詰めでもうれしい。服がずぶぬれで寒かったから、あたたかくてありがたい。それに、アルルのいうとおり、死んだ人をこわがる必要《ひつよう》がないのはわかるけど、やっぱりどこかで、幽霊《ゆうれい》がふわふわ飛《と》んでいたらこわいって思うから。

幽霊《ゆうれい》はあらわれなかったけど、蚊《か》の大群《たいぐん》があらわれて、ブンブン大きな音で飛びまわり、みんなをさしまくった。

「いい子守歌《こもりうた》だ」ムトゥがいった。「ここから別《べつ》の場所に移《うつ》ったら、音楽がなくてさびしくなるな」

「あした、虫よけを買おう」アルルが約束《やくそく》した。

腹《はら》ぺこの蚊をたたくのに疲《つか》れて、あたしはうとうとした。ところが、足音で目がさめた。だれかが墓地《ぼち》を歩きまわっている。クズ屋のおやじがあたしたちを見つけたの？ それとも幽霊？

あたしはカティを抱《だ》きしめた。この隠《かく》れ家《が》をばらさないためだ。カティは毛を逆立《さかだ》て、立ち上がって警戒《けいかい》している。

「なんにもいないよ」聞いたことのないかすれ声がした。少年だ。明らかにクズ屋のおやじじゃない。「ここはだれも来なくて、平和ないいところだ。さあ、もどろう」

「あのね、本当にここには幽霊が出るんだよ」別の少年の声。「きのうの夜、自転車で通りかかったとき、あのガジュマルの木のそばで、幽霊《ゆうれい》が動いているのを見たんだ」

アルルが体を起こした。声が近づいてくるのに気がついたんだ。

小枝《こえだ》がパキッと大きな音をたてたので、ラクとムトゥも目を覚《さ》ました。

「おなかすいた」ラクがぶつぶついった。「おなかすいた」

「しーっ」あたしはささやいた。「お願《ねが》い、しーっよ、ラク」

「今の聞こえた?」ひとりの声がいった。

あたしは身を硬《かた》くした。

「なんにも聞こえない」もうひとりがなんともないって調子でいったけれど、声がふるえていた。

「おなかすいた!」ラクはわめきだした。「おなかすいたぁぁぁ!」

「幽霊か?」二番めの声が叫《さけ》んだ。「幽霊だ!」

「すいたぁぁぁぁぁ!」ラクは金切り声を上げる。「すいたぁぁぁぁぁ!」

少年たちは雑草《ざっそう》をかきわけ、小枝をパキパキ折《お》りながら、暗闇《くらやみ》の中を逃《に》げだした。

ムトゥは肩《かた》をふるわせて、笑《わら》いをこらえている。

少年たちは、神様助けて、と叫んだ。そして真っ暗な墓地《ぼち》を、つまずきながらドタバタと走っていった。

ムトゥはこらえきれずに爆笑《ばくしょう》したけれど、うまい具合に、凶暴《きょうぼう》な悪人が出すような声で笑《わら》った。アルルとあたしも、いっしょに笑いだした。

ようやく笑いが落ち着くと、あたしのほおには涙《なみだ》が流れていた。ラクはすっかり疲《つか》れている。

「ごめん」あたしはしゃっくりしながら、さっきラクが食べなかったバナナを見つけ、ラクにさし出した。「あの子たち、ほんとおかしかったね」

「よくやったぞ、ラク」アルルがラクの背中《せなか》をたたいた。「おかげで、この墓地《ぼち》は前よりもっと安全になった」

「あの子たち、なにしていたんだろう？」と、あたし。「幽霊《ゆうれい》の出る墓地を、勇気《ゆうき》を出して探検《たんけん》するつもりだったのかな？」

「まあ、金持ちの子どもだな」アルルがいった。「そうでなきゃ、夜中にくだらないことをして、貴重《きちょう》な睡眠《すいみん》時間をむだにしたりしないさ」

28 光《ひかり》のフェスティバル

つぎの朝、三人はニーム（インド原産の木で、薬や歯みがきとして使われる）の小枝《こえだ》を使って歯をみがいた。昔はそうしていたって、母さんがいっていた。ニームは苦いので、ラクは使いたがらなかった。それに、しきりにくしゃみをしている。

「今日とあしたは光のフェスティバルだ」アルルがいった。「だから店は開かない。今日新しいクズ屋を探《さが》すのはむだだけど、あさって売るために、できるだけたくさんのものを集めようと思う」

「もうすぐたくさんゴミが出るぞ」ムトゥが自信《じしん》たっぷりにいった。「それで、金払《かねばら》いのいいクズ屋を見つけて、あのオレンジクリームクッキーを五箱買って――」

「オレンジおじさん」ラクがいった。

「オレンジのおじさん？」と、ムトゥ。「そのおじさん、食べられるの？　バナナよりいいかもね」

あたしは、オレンジを投げてくれた庭師《にわし》の話をした。

「またあそこへ行ってみようか」あたしはいった。「追《お》い払《はら》われたとしても、またオレンジもらえるかもしれないよ」

「警官《けいかん》いない？　警備員《けいびいん》とか？」ムトゥが知りたがった。

「いないよ。お金持ちの地区だから、ラクのネックレスに高いお金を払ってくれるかもしれない」

「それか、金持ちってケチだから、値切《ねぎ》られるかも」ムトゥはいった。

庭師は花壇《かだん》の草取りをしていた。あたしの視線《しせん》を感じたかのように、庭師は顔を上げた。

「また来たのか」庭師は額《ひたい》の汗《あせ》をぬぐった。「仕事を見つけたようだな」アルルの持っている麻袋《あさぶくろ》や、みんなのよごれた服を見れば一目瞭然《いちもくりょうぜん》、ゴミ拾いでお金を稼《かせ》いでいることがわかるようだ。その証拠《しょうこ》に、「待ってろ。ビンを少し持ってきてやる」といった。

庭師は邸宅《ていたく》の裏手《うらて》へまわり、ガラスのビンを何本かかかえてもどってきた。庭師がアルルの麻袋にビンを入れていると、このあいだの女の子が家から飛《と》び出《だ》してきて、フリルのついたワンピースをひらひらさせながら、こっちへ走ってきた。

「プラバ、ぬれちゃうわよ！」お母さんが傘《かさ》を広げながら追いかけてきた。

「あなたの服、ずいぶんよごれているのね！」プラバが驚《おどろ》きと感心の入りまじった声でいった。「うちのママは、絶対《ぜったい》によごしたらだめっていうの」

カティが飛《と》びはねて、プラバの手をなめた。

「ママ、このワンちゃん、こんなに人なつこいわ」プラバがいった。「ねえ、飼《か》ってもいいでしょう？」

「この犬はあたしたちのよ」あたしはいった。

「お願《ねが》い、ママ」あたしの言葉が聞こえなかったかのように、プラバは甘《あま》え声《ごえ》を出した。あたしたちみたいな貧《まず》しくて低《ひく》いカーストの子のいうことなんか、関係《かんけい》ないと思っているのかな？

「金持ちの子は、ほしいものはなんでも手に入ると思っているからな」アルルがつぶやいた。

カティはぬれた体をブルブルふるった。雨粒《あまつぶ》がお母さんのサリーに飛んだけれど、気にしないようだった。しゃがんでカティをなでながら、小声でこういった。「野良犬《のらいぬ》を飼ったりしてはいけないんでしょうけど、この子たちといっしょにいたということは、危険《きけん》ではないんでしょうねえ……」

カティはあっというまにプラバとお母さんを好《す》きになったようだった。お母さんはカティをながめまわし、目や歯までたんねんに調べた。

「やせているけれど、毛並《けな》みは健康《けんこう》だわ」お母さんはいった。「でも、買ったとしても、たぶん逃《に》げてしまうでしょう」

「売り物じゃありません」あたしはいった。

「逃げないわよ、ママ」プラバはカティの鼻づらをなでた。「わたしがブラシをかけて、絹《きぬ》みたいにつやつやの毛並みにするわ。それから――」

「カティ、おいで」こんなお金持ちのおばかさんと友だちになることはない。カティだってそう。「さあ」

カティがすぐにしっぽをふりながらこっちへ来たので、あたしはホッとした。

「売り物ではないというのはわかっているのだけれど、プラバが気に入ってしまって……」お母さんは申《もう》し訳《わけ》なさそうにほほえんだ。「考えてもらえない？　そうねえ、二千ルピーでどうかしら？」

二千ルピー？　その数字の大きさを考えようと、頭がぐるぐるまわる。ゼロが三つも並《なら》ぶ美しい数字。

だけど、そんなの関係《かんけい》ない。「いったとおり、売り物じゃないんで」

「いいの？」と、お母さん。

「はい」と、あたし。

「まあ、それがいいかもしれないわね」と、お母さん。

「ママ、ワクチンを打てばいいのよ」プラバはまだおねだりしている。「お願《ねが》い、ワンちゃんに少し食べ物をあげてもいい？」

お母さんがあたしに目をやった。

「いいですよ」あたしはいった。カティから、お金持ちの食べ物を味わうチャンスを奪《うば》うわけにはいかない。

プラバは走って家の中へ入った。髪《かみ》の毛《け》についた雨粒《あまつぶ》は銀色のビーズのようだった。ラクにもかわいたあたたかい服がたくさんあれば、ぬれるのを気にしなくてすむのに。

「光《ひかり》のフェスティバル用に、新しい服を買ってきたところなの」ラクがやぶれたそでではなをぬぐうのを見て、お母さんがいった。「古い服をあげましょうか？　お菓子《かし》もいる？」

「はい、奥様《おくさま》!」あたしが答えるより先に、ムトゥが叫《さけ》んだ。

「ほどこしはいりません」あたしはムトゥをにらんだ。

「仕事に対する報酬《ほうしゅう》として受け取ってちょうだい」お母さんはいった。「あなたがたが廃《はい》棄物《きぶつ》のリサイクルの役に立ってくれなかったら、環境《かんきょう》がずっと悪くなっているでしょうからね」


あたしはびっくりして、だまってお母さんを見つめた。この仕事が役に立っているなんて、ましてやお金持ちから報酬をもらう価値《かち》があるなんて、考えもしなかったから。あたしは初《はじ》めて、自分たちの仕事に誇《ほこ》りを感じた。

最後《さいご》にこんなことをいわなければ、この人のことをもっと好《す》きになったんだけどな。

「犬のことで気が変《か》わったら、教えてちょうだいね」


通りのはしのレインツリーのかげで雨やどりし、新しくもらった古着に着替《きが》えていると、霧雨《きりさめ》はやっとやんだ。ラクは赤と緑のスカートを選《えら》んだ。ラクがこんな明るい色の服を着ているのを見ると、あたしの気持ちも明るくなった。

また雨が降《ふ》りだしたので、プラバのお母さんが一枚《まい》くれたレインコートを、ラクに着せた。きのうより鼻水がひどく出ているようで心配だ。

人々がおおぜい集まって、爆竹《ばくちく》を鳴らす準備《じゅんび》をしている。早くここを通《とお》り抜《ぬ》けて、ラクを墓地《ぼち》につれて帰りたい。最初《さいしょ》の破裂音《はれつおん》を聞くと、カティはクンクン鳴いて、しっぽをうしろ足のあいだにしまいこんだ。

ラクはいつも爆竹が鳴ると、縮《ちぢ》み上《あ》がって手で耳をふさいだり、目をつぶったりするけれど、今日は持っていたビーズの袋《ふくろ》をあたしに預《あず》け、カティを抱《だ》き上《あ》げた。

ラクはカティに歌うようにやさしく語りかけ、落ち着くまでなでてやっていた。カティがこわがっていることだけに心をくだき、自分は、大きな音も気にならないようだった。

29　神の虫

一晩《ひとばん》じゅう雨が降《ふ》りつづき、墓地《ぼち》は水びたしになった。

ラクは蚊《か》の大群《たいぐん》のブンブンいう音に合わせて、せきをした。みんなで蚊をたたいたり、さされた皮膚《ひふ》をかいたりした。ラクの皮膚がいちばんひどかった。さされてはれているだけでなく、赤い点々になっている。強くかきすぎて、血が出ているんだ。

「ラクはいちばんうまいんだろ」ムトゥがいった。「だから蚊のやつら、ラクにたかるんだよ」

「ラクは休んだほうがいいな」アルルは心配そうな目をあたしに向けた。「ラクとヴィジは、けさはここにいたらどうだ？」

「ラク、ネックレスつくる」ラクはしわがれ声を出しながら、ビーズの袋《ふくろ》をつかみ、抱《だ》きしめた。「ラク、おてつだいする」

雨の中を遠くまで歩かなくていいように、近くに店を開くことに決めた。

車道や歩道をぬめぬめしたピンク色のミミズが埋《う》めつくしていたので、よけながら歩いていると、一匹《ぴき》のミミズが自転車にひかれたのを、ラクが目撃《もくげき》した。

「いたいいたい！」ラクは指さすと、自分が傷《きず》ついたみたいに腕《うで》をさすった。

「そうね。だけど、ただの虫だよ」あたしはいった。

ラクはこんどは、歩道でつぶれたミミズを見つけた。

「パーヴム（かわいそう）」ラクは広げた手のひらに、ミミズをそっとのせた。

「うわ！　捨《す》てて、ラク！」ムトゥがいった。

カティはラクのひじに鼻をすりつけて、元気づけようとしている。

「ああ！」ラクは、歩道をつきやぶって生えている木の根元の土を指さした。「みて、ヴィジ！」

「うん、ここのミミズは生きているね、ラク」

「しんでない」ラクがいった。

「そうだね。きっと、土の中にいたほうがいいのよ」

「パーヴム」ラクはくり返した。

「さっきのミミズは死んでるよ、ラク」あたしは説明《せつめい》しようとした。お金と同じように、死というものも、ラクがどれくらい理解《りかい》しているかわからないことの一つ。「もう動かないの。絶対《ぜったい》に」

ラクは死んだミミズに指をはわせた。それからまたつまみ上げて、木の根元の土の上に置《お》いた。

「土の上に置けば、また生き返るんじゃないかと思っているんだろう」アルルがいった。「死んだミミズはコンクリートの上にしかいないからな。助けようとしているんだろう、ラク?」

「ラク、たすける」ラクはまた歩道で死んでいるミミズを見つけ、土の上に置いた。「アルル、たすける?」

「いや、できないよ、ラク」アルルはくちびるをかみ、死んだミミズを指でつまんでぬれた土に落とした。「このミミズは死んでる。生き返らせることはできないんだ。だれにもね」

ラクは口をとがらせたけれど、やめることなく、灰色《はいいろ》のコンクリートの上の三番めのミミズを、草の生えた土の上に移《うつ》した。

「きっと、おいらたちは神様の虫なんだ」ムトゥがだしぬけにいった。

「なんだって？」アルルがまじまじとムトゥを見た。

「べつに神様をばかにしてるわけじゃないよ、ボス」ムトゥは強くなる雨を見つめた。「神様は高いところにいるから、人間なんて虫くらいにしか見えないだろ。人間が腹《はら》をすかしても、人間が死んだ虫を見たときの気持ちくらいしか感じないんだよ。ちょっとは悲しいけど、たいしたことじゃない。たぶん、神様はおいらたちをちょっとは気《き》の毒《どく》だと思ってくれているけど、食べ物をどっさりやろうとか、そこまでは思わないんだろうな」

「とりあえず、神様がもうちょっと雨を小降《こぶ》りにしてくれればいいんだけど」あたしはいった。「そしたら自分たちで食べ物を見つけられる。さあ、おいで、ラク。一日じゅうここにいるわけにはいかないよ」

「好《す》きにさせておけ」アルルはラクのとなりにしゃがむと、死んだミミズにそっと歌いかけているラクの手をポンポンとたたいた。「ミミズの死を悲しんでやれるほど、人間はやさしくないからな。だれかがそうしてやればいい」

それで、ずっとそこにいた。

バスが猛《もう》スピードで走ってきて、水たまりの茶色い泥水《どろみず》をはね返し、みんなびしょぬれになった。あたしのブラウスは肌《はだ》にくっついた。ラクのレインコートはひざ丈《たけ》しかないので、その下の新しいスカートがびちゃびちゃだ。

ラクはぶるぶるふるえてせきをしているけれど、ビーズを糸に通し始めたので、あたしたちは大声で客寄《きゃくよ》せをした。「ビーズ・ネックレス、きれいなビーズ・ネックレス！」

ラクは疲《つか》れていたんだろう、初《はじ》めて指からビーズがいくつかこぼれ落ちた。それでも一つ残《のこ》らず糸に通してしまうまで、やめなかった。

せっせと指を動かして、たくさんネックレスを作ってくれたね、ラク。

たった一本売れ残ったネックレス、あたしはまだ持っているよ。眠《ねむ》れない夜には、ビーズの数を数えるの。自分だけのロザリオみたいにね。

30　ムトゥの身の上話

　ラクのネックレスを売ったお金が、その日の稼《かせ》ぎのすべてだった。しかも前回の稼ぎより少なかった。

「ラクに薬を飲ませなくちゃ」あたしはいった。「それに、虫よけがないと、これ以上《いじょう》夜の蚊《か》にがまんできない」

「おいらはたっぷり食べたい。蚊にもたっぷり食わせてやろうぜ」ムトゥが反対した。ムトゥは最後《さいご》の一ルピーまで食べ物に使いたいんだ。でも、アルルがあたしの意見に賛成《さんせい》した。

　結局《けっきょく》、虫よけとせき止めシロップにお金の半分を使った。つまり、また満腹《まんぷく》にならないまま寝《ね》ることになるのだ。

　さらに悪いことに、ラクは体に虫よけをぬられるのをいやがった。軟膏《なんこう》のべたべたした感触《かんしょく》がいやだったからだ。

せき止めシロップは飲んだけれど、つぎの朝になっても、せきはよくならなかった。「ヴィジとラクはここで休んでいて」アルルがいった。「おれとムトゥが、庭師《にわし》にもらったビンをなんとかして売ってくる」

男の子たちが出かけてしまうと、あたしはラクに、お気に入りのお話をしてあげた。カティが寄《よ》りそってくれている。ぬれた毛のにおいは、体のぬくもりと同じくらいホッとする。

ふたりはいつまでもいっしょです、といってお話が終わると、ラクはお城《しろ》が宙《ちゅう》にただよっているのが見えるかのように、遠くを見つめた。その目つきに、あたしはぞっとした。あたしたちのお城に、たったひとりで行ってしまわないで、といいたくなった。

寝返《ねがえ》りを打ってひじを枕《まくら》にし、本を読んであげると、ラクはうとうとと眠《ねむ》った。あたしはおなかがすいてぼーっとしてしまい、男の子たちがもどってくるのを待つあいだ、本を読み返すのもやっとだった。

「バナナだぞ！」ムトゥの大声でラクが目をさました。

ふたりでねぐらからはい出す。

「新しいクズ屋を見つけたんだけど、ケチなんてもんじゃない」アルルはおでこにしわが寄《よ》るほど顔をしかめた。「ひどく値切《ねぎ》るんだ。あのビン全部で、ほんのわずかしか払《はら》ってくれない。ラクの好《す》きな食べ物が安くて助かるよ」

ラクはバナナが大好きなのに、なんの反応《はんのう》も見せないことに気づいて、ムトゥはわざとおどけて手をたたいた。「バナナだよ、ラク！　久《ひさ》しぶりだろ！　おいら、どんな味がするか忘《わす》れちゃったよ！」

ムトゥはひと口かじってほとんどかまずに飲みこみ、盛大《せいだい》にげっぷした。「見た？　奇《き》跡《せき》じゃね？　なんにも食ってなくてもげっぷは出るんだぜ。なあ、アッカ、神様って信《しん》じてる？」

ラクが食べないのが心配なのに、あたしは笑《わら》っちゃった。

アルルも、ムトゥに地獄《じごく》へ行くぞというかわりに笑っていた。

これこそ奇跡だ。

その夜、ラクの肌《はだ》をさわると熱《あつ》くなっていた。あたしは罪《つみ》の意識《いしき》にさいなまれた。もっといい人生を求《もと》めて街《まち》へ来たはずなのに。ラクの具合がよくなったらすぐに、ふたりが通える学校を探《さが》そう。ただの夢《ゆめ》で終わらせちゃいけない。教会であの親切な女性《じょせい》に会ったと

きが、夢《ゆめ》にいちばん近づいたときだった。もらった名刺《めいし》は捨《す》てちゃったけれど、住所は

しっかり覚《おぼ》えてる。

「あした、教会で会った女の人のところへ行こうか。セリーナおばさんのところ」あたし

はいった。「学校に行けるし――」

「学校？」ムトゥが吐《は》きすてるようにいった。「冗談《じょうだん》じゃない！」

「どんなことをしてくれるのか、聞けばいいじゃない」

「あのおばさんはうそつきだ」ムトゥが叫《さけ》んだ。

「そんなことない。神父さんに、この子たちは盗《ぬす》みはしていませんっていってくれたじゃ

ない、忘《わす》れたの？」

「だってさ」ムトゥはいきり立っている。「いい服を着た女の人が、なんで見ず知らずの

ガキのために、神父さんにそんなことといってくれるんだよ？」

「いい人だからじゃない？」

「ちがうよ、おいらたちをつかまえて、売《う》り飛《と》ばそうとしてたんだ」と、ムトゥ。

「ばかなことといわないで」

「ばかはそっちだ。おいらは前、そういう〈学校〉に行っていたんだ。監獄《かんごく》さ」

「なんですって？」

アルルがムトゥに腕《うで》をまわした。「いわなくていい」

「いうよ」ムトゥはいった。「アッカには知っといてほしいから」

「なにを？」聞くのがこわい。いつもとちがって、ムトゥの口調はとても深刻《しんこく》だ。

ラクとカティも、ムトゥがいつもとちがうことを感じ取った。ラクは弱々しい手でムトゥのほおをさわった。カティは移動《いどう》してムトゥのひざに頭をのせた。

「おいらは昔、〈学校〉に売られたんだ」ムトゥがいった。「ハンドバッグの作り方を教える学校だ。一日じゅう切ったり縫《ぬ》ったりしなくちゃならない。閉《と》じこめられてね。自分のことをオーナーっていっていた男は、トイレにも行かせてくれなかった。行ってもいいのは朝と、仕事が終わった夜だけさ。食べるものは、硬《かた》くなったロティだけ——それも運がよけりゃだ」

あたしは身ぶるいした。しめった寒い空気にではなく、ムトゥの冷《つめ》たい声に。

「いわれただけの数のハンドバッグを作れなかったり、やれっていわれたことをしなかったりすると、オーナーに、革《かわ》のベルトで血が出るまでむち打たれるんだ」

あたしはムトゥの手をにぎったのに、なんの反応《はんのう》もない。心がどこか遠くへ行ってしまったかのようだ。

「ある日」ムトゥが続《つづ》けた。「そこに警察《けいさつ》がふみこんできて、子どもたちは養護施設《ようごしせつ》へ送られた。だけど、そこの施設長がまたひどかった」ムトゥは身ぶるいした。「魔女《まじょ》だよ。やっぱりみんなたたかれた。オーナーほど強くはなかったけど、ひどい目にあわされたから、おいらは逃《に》げ出《だ》したのさ」

「それをおれが見つけた」アルルがムトゥの話を引きついだ。「ゴミバケツのかげに隠《かく》れていたのをね。食べ物を分けてやったら、つぎの朝には……」

「いろいろ手伝《てつだ》っていたね」ムトゥがしめくくった。「それでボスの子分になったってわけ」

「ボスじゃない」と、アルル。「兄貴《あにき》だろ」

「ちがうよ」ムトゥはいいはった。

「ヴィジを姉貴《あねき》っていうなら、どうしておれを――」

「ボスのほうがいい」と、ムトゥ。「おいらは義理《ぎり》の兄さんに売《う》り飛《と》ばされたんだ」

アルルはびっくりしていた。ムトゥの身の上話の中で、そこは初《はじ》めて聞いたようだ。

墓石《はかいし》にポタポタと落ちる雨音を聞きながら、あたしは強まる風にゆれる防水《ぼうすい》シートの屋根を見つめていた。ムトゥの身の上話はおそろしかったけれど、セリーナおばさんはそんな人だとは思えない。

セリーナおばさんに会ったとき、あのぞっとするクズ屋のおやじや、いやらしいバスの運転手のときみたいに、背中《せなか》をヘビがはいまわっているようないやな感覚《かんかく》はなかった。それどころか、とても親切だった。

でも、自分の感覚は本当に信用《しんよう》できるのかな？　あたしはアルルやムトゥほど、親から離《はな》れて長く生活しているわけじゃないから。男の子たちのほうが、あたしなんかより世間のことをずっとよく知っている。

31
熱《ねつ》

その日も一晩《ひとばん》じゅう雨が降《ふ》りつづいた。テントのすきまから雨が入ってきて、銀色のヘビのようにくねくねと流れ落ちた。ラクはゼーゼーと荒《あら》い息をしている。

虫よけの軟膏《なんこう》を肌《はだ》にぬってあげていると、ラクは目をあけた。ほんとはいやなのに、力がなくて手で払《はら》いのけられない。

またかんしゃくを起こしたり、文句《もんく》をいったりしてほしい。そのためならなんでもしてあげたのに。

あたしは熟《う》れすぎて黒くなりかけた最後《さいご》のバナナのかけらを、指でつぶした。ラクは小さなかけらを何回か飲みこんだ。水も少しすすった。

よくなりかけていると喜《よろこ》ぶ間もなく、ラクはおなかをつかむとずるずるはっていき、吐《は》いた。

ムトゥがもぞもぞと起き出した。熱っぽい、どんよりした目をしている。「ムトゥを見て」あたしはアルルにいった。「ムトゥも病気だわ」

「ゆうべ、ごちそうを食いすぎて動けないのさ」ムトゥは冗談《じょうだん》をいったけれど、いつもより声が小さい。

「おまえたち三人はここにいろ」アルルがいった。「今日はおれがひとりで働《はたら》く」

「いくらうまくやっても、ひとりで四人分の食べ物を稼《かせ》ぐなんて無理《むり》よ。あたしも行く」

ラクをだれかに預《あず》けて出かけたことはないけれど、仕方がない。ムトゥはふるえている。今日は絶対《ぜったい》に休んだほうがいい。

「なんだい、アッカ？」ムトゥがいった。「今日はゴミ捨《す》て場《ば》の新鮮《しんせん》な空気が吸《す》いたくて、仕事に行きたいのか？」

あたしは無理に笑顔《えがお》を作った。「ラクが治《なお》ったら、またネックレスの商売を始めるから、たっぷり稼いで休みをもらうわ。あんたたちふたりも、まるまる一週間遊んで暮《く》らせるよ」

「だめだめ、アッカ」ムトゥは弱々しく笑《わら》った。「そんなに長く遊んでいたら、逆《ぎゃく》に病気になっちまう」

アルルはにこりともせずに、けわしい顔をしていた。

アルルは、くずれそうな家が建《た》ち並《なら》ぶ道をどんどん進んでいった。着いたところには光《ひかり》のフェスティバルのあとのゴミが大量《たいりょう》にあった。巨大《きょだい》なゴミの山のまわりには泥水《どろみず》が流れ、下水のようなにおいの大きな水たまりに注ぎこんでいる。花火の燃《も》えかすが浮《う》いている。これは役に立たないけれど、ゴミの山から貴重《きちょう》なビンがつき出ているのを見つけた。

あたしはスカートをまくり上げ、腰《こし》のまわりに結《むす》びつけた。そして、ビンめがけて水をかきわけていった。

ほどなく、カマールと仲間《なかま》の少年ふたりが加《くわ》わった。

「あの乱暴《らんぼう》なシュリーダルはどこ？　そばにいたくないんだけど」あたしは首をまわして探《さが》した。

「いない」カマールがいった。

「いない？　ああよかった。どこに行ったの？」

「死んだ」と、カマール。

「死んだ！　そんな――てっきり――」

「休暇《きゅうか》で遊びにいったと思ったか？」カマールは苦笑《にがわら》いした。「なんか病気になっちまって。ゲーゲー吐《は》いて、それで……」

「ごめんなさい」あたしは足をつっこんでいる灰色《はいいろ》のヘドロに目を落とした。「ほんとに、ほんとに、ごめんなさい」

「いいんだ」カマールは棒《ぼう》できたない水をかきまわした。「子どもは毎日死んでる。いちいち気にしてたら、身がもたない」

あたしの知っているシュリーダルは、わがままで意地悪だった。でも、だからってこんなに若《わか》くして死ぬなんてあんまりだ。あたしたちと同じような子どもが、今日はこうしていても、あしたは死ぬかもしれないと思うと、ショックだった。

アルルはカマールの肩《かた》に腕《うで》をまわした。ふたりは長いあいだ、互《たが》いが競争《きょうそう》相手だということを忘《わす》れて、墓石《はかいし》のようにおしだまって立っていた。

やがて離《はな》れると、みんなで仕事に取りかかった。下水の海から、ビンやブリキ缶《かん》を少なくともいくつかは見つけようと必死《ひっし》だった。

32　自由の値段《ねだん》

雷《かみなり》が鳴った。紫色《むらさきいろ》の雨雲が、くさりかけのブドウのように頭上にたれ下がってきた。

「ラクとムトゥのようすを見にいってくれないか」アルルがいった。「こいつはおれが売りにいく」

先が見えないほどの豪雨《ごうう》の中、あたしは墓地《ぼち》へ急いだ。光《ひかり》のフェスティバルのとき、ラクは勇敢《ゆうかん》にカティをかばったけれど、今日はこわがって縮《ちぢ》こまっているんじゃないだろうか？

でも、もどって目にした光景《こうけい》はもっとおそろしかった。

ラクは体をぎゅっとかかえこんでいた。くちびるはちょっと動いたけれど、声が出てこない。おでこは熱《あつ》く、汗《あせ》で髪《かみ》の毛《け》がはりついている。

カティは落ち着きなく歩きまわっていた。ラクの具合がよくないことがわかり、あたしと同じくらい気が動転してしまっているようだ。

ている。

「ラクは熱《ねつ》がずいぶん上がってる」ムトゥがいった。ムトゥの目も熱っぽくとろんとして

「休んで。あたしがふたりのめんどうを見てあげる」

ムトゥは疲《つか》れ切《き》って眠《ねむ》ってしまった。

あたしはタオルを冷《つめ》たい雨水にひたして、ラクの目の上でしぼった。でも、おでこの燃《も》えるような熱《あつ》さは引かない。気がついたときには必《かなら》ず、くちびるに水を落とした。この絶《ぜっ》望的《ぼうてき》な時間がどれくらい続《つづ》いたのか、さっぱりわからない。

風が強くなった。ドアがわりに使っていたビニールのテーブルクロスが引きはがされ、暗い墓地《ぼち》を飛《と》ぶコウモリのようにパタパタ飛んでいった。カティとあたしは追いかけた。おさえつけたと思ったとたん、まっぷたつにさけてしまった。降《ふ》りつける雨と風に立ち向かいながら、テントの入り口に、なんとかテーブルクロスの残骸《ざんがい》を結《むす》びつけたけれど、中はもうびしょぬれだった。ラクの背中《せなか》には発疹《ほっしん》があらわれ、肌《はだ》が紙やすりみたいにざらざらになった。ラクはときどきうめき声を上げた。

ムトゥは眠りつづけた。嵐《あらし》でぼろぼろになったすみかにアルルが帰ってきても、まだ起きなかった。アルルはお金も、食べ物もほとんど持たずに、よろめきながら帰ってきた。

「不良《ふりょう》に出くわした」アルルがいった。「集めたものを取られて、側溝《そっこう》につき落とされた。なぐられなかっただけ、ましだけどな」

晩《ばん》ごはんは、アルルがゴミから拾い出してきたものだけだった。缶《かん》に入った黄緑色の液《えき》体《たい》と、くさりかけのバナナ二本、それにかびの生えたロティが何枚《なんまい》か。だけど空腹《くうふく》に胃《い》がかきむしられ、あたしは目をつぶって、残飯《ざんぱん》をつかむと、口に押《お》しこんだ。

「バナナはラクとムトゥに取っておこう」アルルがいった。

あたしはロティの表面に生えた緑のかびをこすり落とし、ふたりでだまって食べた。聞こえるのはラクの苦しそうな息と、ガジュマルの枝《えだ》に打ちつける大雨の音だけ。

おなかはからっぽだけど、それはもう慣《な》れた。それより今は、希望《きぼう》もからっぽだと感じている。

その夜はほとんど眠《ねむ》れなかった。夜が明けてくると、あたしはなにか考えなくちゃと思った。

なんとかしてお金を稼《かせ》ぐ方法《ほうほう》を見つけないといけない。ラクに食べ物と、熱《ねつ》を下げる薬を買ってあげなくちゃいけないし、このすみかを補強《ほきょう》して住みやすくするものも必要《ひつよう》だ。

カティをなでていたとき、ふっとある考えが浮《う》かんだ。いや、そんなのだめ、と押《お》しやった。だけど、またもどってきた。

そんなことしたくない。そんな権利《けんり》もない。そんなことできないよ。

いや、できる。

しなくちゃ。

ほかの三人がまだ眠《ねむ》っているあいだに、あたしはカティをつれて墓地《ぼち》から出た。向かう先は、あのお金持ちの女の子が住んでいる地区だ。

足取りは重い。廃棄物《はいきぶつ》の金属《きんぞく》でいっぱいの麻袋《あさぶくろ》みたい。それに、引きずっているのは足だけじゃない。心も引きずられているみたいだ。心と、足以外《いがい》の体は行きたくないといっている。

富《とみ》の女神《めがみ》の名前をつけた〈ラクシュミー・ハウス〉の門に着いたとき、あたしはぬれた歩道にひざまずいて、カティを抱《だ》きしめた。「カティ、ラクとムトゥを助けなくちゃならないの。これしか方法《ほうほう》がないのよ。わかってくれる?」

カティの目はまっすぐあたしを見ている。しっぽもふらずに。

「ごめんね、カティ。ほんとに、ほんとに、ごめんね」

どれくらいのあいだカティを抱《だ》きしめていただろう。あたしは、雨で毛がぺったりはりついたカティの首に自分のおでこをこすりつけ、ぬれた毛のにおいをかいだ。カティはあたたかい鼻であたしをつつき、まるでなぐさめてくれているようだったけれど、あたしはますます悲しくなった。

やっとのことで、あたしは門をたたいた。

庭師《にわし》があけてくれた。「またおまえか？　なんの用だ？」

「犬を売りにきたんです」あたしはいった。

「こんな朝早くに奥様《おくさま》たちを起こすわけにはいかん」庭師はぶつぶついっていたけれど、あたしはすり抜《ぬ》けてずんずん歩き、玄関《げんかん》のドアを強くノックした。

メイドがドアをあけた。うしろにあの女の子のお母さんがいなければ、すぐにドアをしめられていたところだった。

「なんのご用？」お母さんがいった。

「カティを――あたしたちの犬を、売りにきました。二千ルピーとおっしゃいましたよね」

「プラバが喜《よろこ》ぶわ。本当に気に入っていたから」

あたしはひざまずいて、またカティのあたたかい首に顔を押《お》しつけた。これが最後《さいご》だ。

「さあ、行って、カティ」あたしはそっとカティを押した。「ここが新しいおうちよ」

カティは首をかしげた。ラクも熱心《ねっしん》に聞いているときそうするよね。カティは理解《りかい》しようとしているんだ。

「カティはかしこくて、いい犬だよ。だけど、手放さなくちゃならないの。ラクのために。わかる?」

カティはクンクン鳴いた。あたしはまたそっと押しやった。

「ここが気に入るよ。ずっとここにいてね」

お母さんはサリーの音をサラサラたてながら引っこむと、お金と包《つつ》みを持ってもどってきた。「お金と、食べるものよ。カティはここで幸せに暮《く》らすわ、約束《やくそく》します」

あたしは涙《なみだ》があふれてきて、お礼もいえなかった。

なにもいわないまま、あたしはきびすを返して歩きだした。

カティがついてこようとした。悲しそうな遠ぼえが聞こえる。なんとか自由になろうと、床《ゆか》をガリガリ引っかく音も。やがて、背後《はいご》でドアがバタンとしまった。

33　うそ

薬局で、痛《いた》みをおさえ、熱《ねつ》を下げ、睡眠《すいみん》を助ける錠剤《じょうざい》を買った。「熱を出した家族がいるなら、お医者にみせたほうがいいよ」薬剤師《やくざいし》が注意した。「悪い病気がはやっているからね」

この人は親切でいってくれているんだ。いい医者かいい病院を教えてくれませんかと、聞こうかと思った。

でもそのとき、母さんがラクを医者や病院から遠ざけていたことを思い出した。わざわざこんな遠くへ来てまで、知らない人にラクをつれていかれ、永遠《えいえん》に施設《しせつ》に閉《と》じこめられるような危険《きけん》をおかすわけにはいかない。

墓地《ぼち》へもどる途中《とちゅう》、新しい防水《ぼうすい》シートを二枚《まい》買った。一枚は中に敷《し》いて、かわいたところで寝《ね》られるように。もう一枚はもっとましなドアにするためだ。プラバのお母さんはりっぱなバナナとバナナチップを何袋《なんぶくろ》かくれた。あたしはそれに加《くわ》えてそのへんの露店《ろてん》で、ラクがくしでとかせるように、黒い髪《かみ》の人形を買った。急いでもどりながら、もっと暮《く》らしやすくするために、残《のこ》ったお金をなにに使おうかなと、うっとり考えた。まずラクとムトゥのためにスポンジのマットレス。それから、新しい本を買ってみんなに読んであげるんだ。

テントにもどると、アルルがあたしを探《さが》していた。

「心配していたんだぞ！」アルルはカンカンだ。「いったいどうした？」

「カティがいなくなったの」あたしは残りのお金を全部アルルの手に押《お》しつけた。

「売っ――たのか……」それ以上《いじょう》はいえないみたいだった。

とにかく、説明《せつめい》する必要《ひつよう》はない。

「ラクは気にしないと思う」あたしは自分にいい聞かせるようにいった。「前は人形をかわいがっていたから、これ買ってきたの、だから……」

アルルはなにもいわない。いやな顔もしないし、笑《わら》いもしない。

「ラク？」あたしはラクをそっとゆすった。「薬買ってきたよ。おいしいバナナもあるよ」そういって、ラクの鼻先で真っ黄色のバナナをふった。

ラクはいつになく聞きわけがよく、いやがらずに薬を飲んだ。

「カティ？」ラクの目がテントの中を探《さが》す。

「カティはいないの」あたしはいった。

「いない？」ラクがくり返す。

「だれがいないって？」ムトゥがゆっくりと目をあけて、体を起こした。

「カティは行っちゃった」カティはトラックにひかれたっていおうと思っていたんだけど、ムトゥが死体を埋《う》めるっていいだしたらたいへんだ。

「ありえない」ムトゥは断固《だんこ》としていった。「一度も逃《に》げたことなんかなかったのに」

「墓地《ぼち》で暮《く》らすなんていやだったんじゃない？」いえばいうほど、うそっぽくなってくる。「とにかくいないの。そういうこと。いなくなったの」

「ただ逃げる犬なんていないぜ」ムトゥがいった。

「なんでそんなことわかるの？　前に飼《か》っていたことあるの？」

「カティはみんなのことが好《す》きだったんだ」ムトゥの自信《じしん》はゆるがない。

「ただの犬じゃない、人間じゃあるまいし！　人間だって、好きな人を置《お》いていっちゃうこともあるよ！」

「犬は忠実《ちゅうじつ》だ」と、ムトゥ。

「きっと、もっといい暮《く》らしがしたくて、行っちゃったんでしょ」

ラクは病気になってからずっとぐったりしていたけれど、やっと人の話をちゃんと聞けるようになったみたい。まるで薬がもう効《き》いたみたいで、よかったっていいたかったけれど、ほんとはそんなに早く効く薬なんかないよね。

「カティのことはもういいよ。ふたりに薬を買ってきたの。ラクはもう飲んだから、これムトゥの」

「ありがとう、アッカ」ムトゥはささやいた。「頭が痛《いた》いんだ。関節《かんせつ》も骨《ほね》も目の奥《おく》も。全身痛くてたまんない」

「あしたになればよくなる」アルルがいった。「薬が効いてくれればな」

あたしは正しいことをしたんだと確信《かくしん》していた。そのとき、ラクが「カティ、いっちゃった」とつぶやいた。

ラクが静《しず》かに受け入れたことに、あたしは衝撃《しょうげき》をおぼえた。カティはみんなといっしょにいたくなかったというあたしのうそは、死んだことにするよりも、ひどくラクを傷《きず》つけたんじゃないだろうか？

なにもかもあきらめたような声だった。カティのことも、あたしのことも、すべてのことについて。

34　信用《しんよう》する勇気《ゆうき》

　その日はゆっくり過《す》ぎていった。ラクの熱《ねつ》は下がってきている、薬のおかげでぐっすり眠《ねむ》れている、目が覚《さ》めたらもっとよくなっているはず、と、あたしは自分にいい聞かせていた。

　ところがその夜、そんなことをいっている場合ではなくなった。ラクの具合が明らかに悪くなったのだ。

　今までよりいい食べ物があるのに、ラクはなんにも食べようとしないし、水を飲もうともしない。目もあけてくれなくなった。

　あたしはひざにラクの頭をのせて、おでこをなでた。そして名前を呼《よ》んだ。

　まったく反応《はんのう》しない。

「ラク、ほんとはちがうの」あたしは必死《ひっし》の思いで打ち明けた。「カティは売っちゃったのよ。あたしの犬っていうより、ラクの犬なのにね。ごめんね。ラクを助けたかっただけなの。よくなって。お願《ねが》い」

もうこの声も聞こえていないんだろう。

「教会でろうそくを灯《とも》して、お祈《いの》りしようか?」アルルが提案《ていあん》した。

「それか、教会で会った女の人に、助けてくださいってたのんだほうがいいかもしれない」あたしはいった。

アルルは新しい人形の髪《かみ》の毛《け》を、手錠《てじょう》のように手首に巻《ま》きつけた。

「ほかには方法《ほうほう》がないよ、アルル」

「だけど、ムトゥがいったこと、覚《おぼ》えてるだろ?」

「じゃ、ほかにどうするの? 見てよ――このふたりを……」これ以上《いじょう》いえなかった。

今だからわかるけれど、ラクが熱《ねつ》を出したとき、すぐにセリーナおばさんのところへ行くべきだった。なのに、すっかり頭が混乱《こんらん》していたよ、ラク。

今まで助けの手をさしのべてくれた大人は、ほんの数人しかいない。それにこんどはただ助けを求《もと》めるだけじゃない。知らない人を、全面的《ぜんめんてき》に信用《しんよう》するということだ。

「まあ、あの人は教会にいたわけだし、親切そうだったしな」アルルがそっといった。自分で納得《なっとく》できる行いこそ、正しいことだというように。

「行こう」あたしは名刺《めいし》に書いてあった住所を思い出し、くり返した。

「そんなに遠くない」アルルはぐったりしているラクを抱《だ》きかかえた。「ムトゥを支《ささ》えて歩けるか？」

ムトゥを起こしたけれど、まぶたはたれ下がっていた。なにが起きているのかわからないし、どうでもいいみたいだった。あたしがわきの下に腕《うで》を入れても文句《もんく》もいわずに、半分眠《ねむ》ったまま引きずられていった。

降《ふ》りしきる雨の中を、あたしたちはムトゥが監獄《かんごく》だといった子どものためのホームめざして、よろよろと歩いていった。夜明けのほんのり黄色い光が、うっすらと夜空にたなびくころ、ついに門にたどりついた。

かぎがかかっている。

「助けて！」門をゆさぶり、ガチャガチャと大きな音をたてていると、女の人が出てきた。

セリーナおばさんだった。

35　病院

「姉さんを助けてください」あたしはセリーナおばさんにたのんだ。そして、お金をおばさんの手に押《お》しつけた。「支払《しはら》いはできます」

「もちろん助けるわ」セリーナおばさんはお金を受け取った。「このお金はちゃんと取っておきます」

「おれはここには入りません」アルルが小声でいった。

「それは自由よ」セリーナおばさんはぐったりしたラクをアルルから引き取った。「強制《きょうせい》はしません」

中へ入ると、セリーナおばさんはラクをソファに寝《ね》かせ、あたしにもムトゥを別《べつ》のソファへ寝かせるように手で示《しめ》した。「医者を呼《よ》ばなくては。病院へ行くことになるわ」

「姉さんを施設《しせつ》に閉《と》じこめたりしませんか？」以前《いぜん》からの恐怖《きょうふ》がまたわき上がった。

「そんなことはしません」

セリーナおばさんは電話で医者と話し、待っていると、女性の医者がやってきた。医者のスミトラ先生はラクの熱《ねつ》を測《はか》り、胸《むね》に聴診器《ちょうしんき》を当てた。ラクはやさしくさわられたり声をかけられたりしても、体をこわばらせることはなかった。

つぎにムトゥを診察《しんさつ》してたけれど、あたしにはラクしか目に入らない。

スミトラ先生はあたしにいろいろな質問《しつもん》をした。

「蚊帳《かや》は使っていた？」「水を飲む前にわかしていた？」「どんな薬を飲ませたの？」「どれくらい？」「こんなに熱が高くなってどれくらいたつの？」

あたしは精《せい》いっぱい質問に答えた。

あたしは気になっていたことを一つだけ質問した。「姉さんは、助かりますか？」――

スミトラ先生は答えなかった。

先生はセリーナおばさんといっしょにとなりの部屋へ行き、ひそひそ声で話していた。一所懸命《いっしょけんめい》耳をすましたけれど、なにを話しているのかわからなかった。

ラクが横になっている部屋には、ソファの上の壁《かべ》に、教会で見たような十字架《じゅうじか》がかかっている。十字架のイエスを見ながら、あたしはアルルが教えてくれたお祈《いの》りをとなえた。それから、母さんが歌うようにとなえていたお祈りを、覚《おぼ》えている限《かぎ》り全部となえた。それが終わると、口には出さずに頭の中で、今までしゃべったどんな言葉よりも大きな声で祈《いの》った。

神様、あなたがどこにいるのか知りませんし、だれなのかも知りませんが、お願《ねが》いです、ラクを助けてください。

それから数分後、男の人たちがやってきて、ラクとムトゥを救急車《きゅうきゅうしゃ》に乗せた。セリーナおばさんとあたしも乗った。ラクもムトゥも意識《いしき》がもうろうとしていて、救急車の赤色灯《せきしょくとう》もサイレンも気にならないようだった。

ふたりは病院の中に運ばれた。セリーナおばさんが病院の人と話をして書類《しょるい》に書きこむあいだ、あたしは影《かげ》のようにだまってそばについていた。やがてふたりはどこかへ運ばれていって、見えなくなってしまった。

病院の床《ゆか》からは、奇妙《きみょう》になつかしいにおいがしてくる。ここ何日もあたしの鼻に入ってきたのはゴミのにおいだったので、この、鼻にツンとくる刺激臭《しげきしゅう》がなんなのか、思い出すのに時間がかかったけど、母さんがときどきトイレそうじに使っていた薬品のにおいだ。

セリーナおばさんがあたしに説明《せつめい》してくれた。「スミトラ先生によると、あのふたりはデング熱《ねつ》にかかっているみたいなの。蚊《か》によってうつるのよ」

「よくなるんでしょう？」

「そう願《ねが》うわ、ヴィジ。たいていの人は治《なお》るけれど……」セリーナおばさんの目がきらりと光って、泣《な》きそうになっている。

おばさんがあたしの手をにぎってくれていると、看護師《かんごし》さんがやってきて、ベッドがたくさん並《なら》んでいる病室の、中のようすがのぞけるところへつれていってくれた。ラクとムトゥはとなり同士《どうし》のベッドに寝《ね》ていた。ふたりとも、薬や栄養《えいよう》や水分が血管《けっかん》に入っていく、点滴《てんてき》という仕掛《しか》けにつながれているんだと、セリーナおばさんが説明《せつめい》してくれた。

「十分な治療《ちりょう》を受けられるわ」おばさんは約束《やくそく》した。

よくなるとは約束してくれなかった。


あたしはラクについていたかったけれど、大事なことは十分な睡眠《すいみん》をとって、あなたが病気にならないようにすることだと、セリーナおばさんに説得《せっとく》された。

ホームにもどると、あたしたちのことについて質問《しつもん》された。

あたしとラクは、いつでも助け合ってきました、とあたしはいった。ラクはビーズの作品でこんなに稼《かせ》いだんです。こんなに手先が器用《きよう》なんです。それなのに、学校の先生たちや母さんだって、ラクはなんにもできないと思いこんでいるんです。

それを聞くと、セリーナおばさんは顔をくもらせた。「どうせできないだろうって、思いがちなのよね」

「ラクはみんなよりずっと、食べるものに注意していました。みんなみたいにゴミの山にも入っていきませんでした。なのに病気になるなんて、不公平《ふこうへい》です」あたしはいった。

「世の中は公平ではないわ」セリーナおばさんはため息をついた。「あなたたちみたいに家のない子どもはたくさんいるの。それに、子どもは働《はたら》くべきではないわ。こうやって少しでも助けになれて本当にうれしい。わたしを信用《しんよう》してくれてありがとう、ヴィジ」

セリーナおばさんをもう少し早く信用していたら、今ごろラクとムトゥは病院のベッドで寝《ね》ているかわりに、雨季《うき》の終わりを祝《いわ》って、太陽の下で遊んでいたかもしれなかったのに。

その夜、セリーナおばさんから、だれかに電話をするか、手紙を書かないかといわれた。

あたしは母さんに手紙を書いたけれど、だれに書いたかはおばさんにはいわなかった。母さんに、あたしたちは街《まち》にいて、いい友だちに囲《かこ》まれていますと書いた。母さんはだいじょうぶですか？　あたしはお金を稼《かせ》いで仕送りするつもりです。

ラクが病気だということは書かなかった。

あたしがそう思いたくなかったから。

36　別《わか》れ

あたしは食事して眠《ねむ》ったけれど、同じ部屋の女の子たちとはほとんどしゃべらなかった。ちがう部屋で寝《ね》る男の子たちとも。

このホームに住んでいるのは、子どもたちとセリーナおばさんと先生がふたり。朝食のあと、セリーナおばさんがあたしを車で病院へつれていってくれた。

病院ではラクの手をにぎり、お話をしてあげたけれど、ラクはずっと眠ったままだった。

ムトゥはもうろうとしながら、大きな声でうわごとをいっている。

ふたりはデング熱《ねつ》だと診断《しんだん》された。そのうえ、ラクは肺炎《はいえん》も起こしていた。ムトゥは肺炎を起こしていないので、容体《ようだい》はラクほど深刻《しんこく》ではないということだ。

二日後、スミトラ先生が、ムトゥは「危険《きけん》を脱《だっ》した」といってくれた。ムトゥは別《べつ》の病室へ移《うつ》された。

看護師《かんごし》さんに体をきれいにふいてもらい、髪《かみ》も短くして洗《あら》ってブラシで整えてあったので、ムトゥはまったくの別人《べつじん》みたいになっていた。あたしだって、セリーナおばさんに服をもらって、おふろに入り、髪をとかしてあるので、ずっとまともに見えたにちがいない。だけどムトゥは、あたしの見た目のことはなんにもいわなかった。

こう聞いただけ。「ラクはどう？」

「まだよくならないの」と、あたし。

ムトゥはあたしの手に指をすべりこませた。骸骨《がいこつ》のように細い指。

「お話してくれない、アッカ？」ムトゥがたのんだ。「橋の上でしてくれた、おとぎ話をさ」

あたしは何回か話そうとしたんだけど、そのたびに胸《むね》がつまって、最初《さいしょ》の文から先に進めない。

「気にしないで」ムトゥはあたしの手をぎゅーっとにぎりしめた。

その日の午後、びっくりすることがあった。

アルルが来たのだ。

「離《はな》れているのがつらいんだ」アルルはいった。「ひとりぼっちで自由でいるより、閉《と》じこめられていても、みんなといるほうがいい」

アルルの言葉は、まるで雨空からさしこんでくる、ひと筋《すじ》のあたたかい日の光のようだった。

アルルは、あたしがラクに買ってあげた新しい人形を持ってきた。ラクは具合が悪すぎて、全然《ぜんぜん》遊んでいなかったよね。

夜にみんなで病院に行くとき、あたしはその人形を持っていった。ラクが見たら、パッと目を輝《かがや》かせてくれるんじゃないかと思って。

ところが、ベッドの横へ行ってみると、ラクの体は木の人形みたいに固《かた》くなっていた。おそすぎたんだ。


セリーナおばさんがあれこれ聞いてきた。ヴィジはもうだれかに手紙を書いたのかしら？　ご両親は健在《けんざい》なの？　わたしが連絡《れんらく》しなくてはいけないんじゃない？

いいえ、とあたしはいった。絶対《ぜったい》に知らせないでください。

ラクの亡骸《なきがら》はどうすればいい？

あたしは答えない。

火葬《かそう》だろうが土葬だろうが、なんのちがいがあるっていうの？　ラクは死んじゃったのよ。

あたしのかわりにアルルが答えた。ラクはクリスチャンだから、土葬のほうがいいだろうって。ラクがろうそくを灯《とも》す姿《すがた》を思い出し、あたしは反対しなかった。

37　石

ラクのお葬式《そうしき》の一か月後、クリスマスがやってきた。そのころには雨季《うき》は終わっていた。

セリーナおばさんはホームの広間に、小さな〈イエスの降誕《こうたん》場面〉を飾《かざ》った。馬小屋に幼子《おさなご》イエス、マリア、ヨセフ、三人の博士《はかせ》、羊飼《ひつじか》いの少年、そしてたくさんの動物たちの人形が入っている。セリーナおばさんはまた、玄関《げんかん》のドアの外に、点滅《てんめつ》するライトを中にしこんだ紙の星を下げた。〈イエスの降誕場面〉のまわりにはイルミネーションライトも巻《ま》きつけたし、木の枝《えだ》を花瓶《かびん》にさしてクリスマスツリーよ、ともいった。ラクがこういうのを見たら、全部気に入っただろうな。

子どもたちはみんな、セリーナおばさんからプレゼントをもらった。小さい子たちは歓《かん》声《せい》を上げて、あたしにもにこにこ笑《わら》いかけてきたけれど、あたしはなかなか機嫌《きげん》よくふるまえない。

アルルとムトゥはすてきなクルタ(丈《たけ》の長いチュニック)をもらって、さっそく着替《きが》えていた。ふたりとも少し太ったみたい。でも、ムトゥは前よりきゃしゃな体ではなくなったものの、目の輝《かがや》きは失《うしな》ったままだ。それに、ラク、あなたも知っているとおり、前はおしゃべりだったけど、今は全然《ぜんぜん》。ふざけたことをいったらあたしが耐《た》えられなくなると思っているのか、あたしの近くにいるときはおとなしくしている。

「新しい服、かっこいいよ」あたしはなんとか言葉をしぼり出した。

「アッカはなにをもらったの?」ムトゥが聞いた。

自分のプレゼントのことなんか気にしていなかったけど、ムトゥに見せるために包《つつ》みをあけた。

もらったものはノート一冊《さつ》、リサイクルした紙、リサイクルした鉛筆《えんぴつ》数本だった。

「これ、なにするもの?」ムトゥがたずねた。

「書くためのものよ」セリーナおばさんが答えた。

「手紙を書く相手なんていないし、書くこともない」あたしはいった。

セリーナおばさんはなにもいわなかった。その場では。でも、その夜寝《ね》る前に、おばさんはだれもいない教室にあたしを呼《よ》び出《だ》し、机《つくえ》の一つに手まねきした。

「すわって。書きなさい」おばさんは命じた。

「書く？　どうして？」と、あたし。

「あなたはだれとも話そうとしないし、それじゃ体に悪いからよ。あなたの思いが石のように固《かた》くなって、心にすわりこんでいるわ。それを紙の上に吐《は》き出《だ》せばいいと思うの」

あたしは真っ白なページを見つめ、鉛筆《えんぴつ》を手に取った。おばさんに鉛筆の持ち方を直され、それからまたしばらくページを見つめていた。

紙はどんどん広がっていくような気がした。空白がふくらみ、あたしの心の空白もふくらんでいく。指の力が抜《ぬ》けて、鉛筆が床《ゆか》に転がり落ちた。

おばさんが鉛筆を拾い、あたしの手ににぎらせてくれた。


あたしは何か月も書けなかったよ、ラク。セリーナおばさんはずっとそばについていて、読書をしながら、あたしの沈黙《ちんもく》に付《つ》き合《あ》ってくれていた。

アルルとムトゥは毎週、近くの墓地《ぼち》にあるラクのお墓《はか》へ行って、花をそなえてくれた。

あたしはいっしょに行かなかった。

でも、ホームですることになっている仕事は全部やっていた。じつはこまごました仕事をするのは好《す》きだったんだ。慈悲《じひ》で暮《く》らしているわけじゃないって思えたし、なによりなにかやっていないと、胸《むね》の中《なか》に石がずしっといすわって、ベッドから起き上がることもできなくなりそうだったから。

38　信仰《しんこう》と良心《りょうしん》

ホームでは昼間、小さい子も大きい子もいちばん大きな部屋へ集まって、勉強をする。読み書き、算数、歴史《れきし》、地理、理科もやる。みんなそれぞれに課題《かだい》を与《あた》えられて、自分のペースで進めるのだ。

アルルは学校の勉強には興味《きょうみ》がないので加《くわ》わらなかった。そのかわり、毎朝バスに乗って、大工の見習いに行っていた。セリーナおばさんは、これも大事なことだっていう。大工や仕立て屋や植木職人《うえきしょくにん》になるための特別《とくべつ》な技術《ぎじゅつ》を身につけたり、そのほかの職業の勉強をしたりすることは大事なことだって。

このホームがもっと広ければ、家のない子どもをひとり残《のこ》らず受け入れられるのにって、セリーナおばさんはいう。でもそれは無理《むり》だし、ここにいる子たちだって、一生ここで暮《く》らすだけの広さはないから、あたしみたいな年上の子、とくにアルルなんかはあたしよりちょっと年上だし、そういう子はしばらくはいてもいいけれど、自立して安全に生活できるようになったら出ていかなくてはならない。

毎朝勉強が始まる前には、みんな広間に集まってお祈《いの》りをする。ここにいる子たちのほとんどは、セリーナおばさんと同じクリスチャンだ。でも中にはヒンドゥー教《きょう》の子もいるし、イスラム教徒《きょうと》もふたりいる。

お祈り集会はきりがなく続《つづ》く。セリーナおばさんはまず、アルルのお気に入りのお祈り〈天にまします　われらの父よ〉から始めて、マリア、アッラーのお祈りへ移《うつ》り、母さんがとなえていたヒンドゥー教のお祈りもした。これを聞くと、母さんを思い出しちゃうんだ。

お祈りの言葉ってこんなにたくさんあって、こんなにたくさんの人が祈っているのに、世の中にはまだまだ悲惨《ひさん》なことや残酷《ざんこく》なことがあるってことに、あたしは驚《おどろ》いている。

けさ、お祈り集会のときに、あくびが止まらなかった。ムトゥがこっちを見たと思ったら、ムトゥもあくびした。もうすぐ全員にあくびがうつりそう。

先生のひとりであるプリーヤおばさんに注意された。「あなたはここではいちばん年上の女の子なんですよ。悪いことをすれば、年下の子たちがみんなまねするでしょう」

「悪いことなんかしていません」あたしはいった。

「口答えしない」プリーヤおばさんの顔がレンガより赤くなった。怒《いか》りでくちびるをふるわせながら、あたしをセリーナおばさんの部屋へ引っぱっていき、大声でまくしたてた。セリーナおばさんはあたしにはしゃべらせず、ずっと聞いていた。プリーヤおばさんはぷりぷりしながら教室へと向かっていった。

「ヴィジ、あなた、お姉さんが死んだことを自分のせいだと思っているでしょう？　でも、自分を責《せ》めるのはやめたほうがいいわ。あなたはそのときにいちばんいいと思うことをしてきたの。できる限《かぎ》りのことをしたのよ」

そんなことをいわれるなんて、思ってもみなかった。

「信仰《しんこう》はなぐさめになるわ、ヴィジ。大きな力を信《しん》じたり、まだわからないかもしれないけれど、ひとりひとりの人生には意味があると思ったり、あなたのお姉さんの魂《たましい》はまだ生きていると信じたりすれば――」

「信仰を持ったほうがいいっていうんですか？　それは無理《むり》です」あたしはいった。「アルルに聞いてください。アルルは最初《さいしょ》からあたしにすすめていたけれど」

「すすめているわけではないし、これからもそれはしないわ、ヴィジ。あなたみたいになにかを失《うしな》って苦しんでいると、人生の目的《もくてき》も見失《みうしな》ってしまうっていいたいの。わたしは夫《おっと》を亡《な》くしたときに希望《きぼう》も失《うしな》ったけれど、神の中にまた希望を見いだしたのよ。でも、方法《ほうほう》は一つじゃない。たぶんあなたは自分自身の心の中を見つめて、人生の目的《もくてき》をもう一度見つけるのがいいのかもしれないわね」

ラクがいなくなった今、あたしの人生なんてなんの意味もない。セリーナおばさんもそのことはわかっているはずだと思ったけれど、あたしはなんにもいわなかった。

「それから、プリーヤおばさんの立場も尊重《そんちょう》しなくてはいけないわ」セリーナおばさんは静《しず》かにいった。「なにかの宗教《しゅうきょう》に対して失礼《しつれい》な態度《たいど》をとることは、ここでは許《ゆる》されていないの」

「あたし、特定《とくてい》の宗教が悪いなんて思っていません」あたしはいった。「どんな宗教も、全部くだらないと思っています」

セリーナおばさんの顔に、いたずらっぽいほほえみが広がった。「どんな宗教に対しても、不敬《ふけい》な態度をとることは許されません」

無宗教《むしゅうきょう》っていう立場は尊重されないの？　とあたしは思った。

あたしの言葉が聞こえたかのように、セリーナおばさんがいった。「あなたの気持ちはわかるわ、ヴィジ」

おばさんは紙に単語《たんご》を二つ書いて、こっちに向けて見せた。

God《ゴッド》（神）とGood《グッド》（よい）が並《なら》んでいる。

「GodとGoodという英単語《えいたんご》は、一文字しかちがわないわ。だから、朝お祈《いの》りするときに、神のことを考えたくなければ、よい人になることについて考えたらどうかしら？　よい行いをすることとか。どう？」

「わかりました」あたしはいった。

「無宗教《むしゅうきょう》だってかまわないのよ、ヴィジ。自分自身の良心《りょうしん》を信《しん》じてさえいれば」

39　喪失《そうしつ》と発見

セリーナおばさんにいわれて、あたしとアルルはいっしょに食器洗《しょっきあら》いをすることになった。台所で並《なら》んで仕事をしていても、何か月もほとんどしゃべらなかったんだけど、ある夜、ついにアルルが沈黙《ちんもく》をやぶった。

アルルが「元気か？」と聞くので、いつものようにただ「元気」とだけ答えた。だけど今夜は、それだけですませてはくれなかった。

「うそつけ」アルルはいった。「元気じゃないだろ、ヴィジ」

あたしはだまっている。

「話してくれよ。力になりたいんだ」と、アルル。

「べつになんにもしてくれなくていい」あたしはぼそぼそといった。

アルルはため息をついた。「気にしてくれる人に、そうやってふくれっ面《つら》したり、失礼な態度《たいど》をとったりしていると、人生、生きづらくなるぞ」

「生きやすい人生なんてあるの？」あたしはいった。

「今からそうなるようにすればいい！」アルルはお皿を流しにガチャンと放りこんだ。

「今までつらいことがあったけど、橋の上よりここのほうが、楽にできることはたくさんある。それに、もう落ちこむのはいいかげんにしないと」

「ただふくれているだけじゃないもん！」ラクが死んでから初《はじ》めてこんな大声を出したことに、自分でもびっくり。「いわれた仕事は全部してるよ。そうじもして。教室ですわって。食べて。寝《ね》て」

「あんまりよく寝ていないように見えるけどな」

「ラクが死んだからよ！　あたしのせいで死んだの。無理《むり》にラクをつれて家を出てこなかったら――」

「もしいっしょに来なかったら、ラクはみんなで楽しく過《す》ごした時間を味わえなかった。ずいぶんいっしょに楽しい時間を過ごしたじゃないか、ヴィジ」

「家出なんかするんじゃなかった」

「ほかになにができた？　親に暴力《ぼうりょく》をふるわれて子どもが死んだって話、聞いたことがあるぞ。ヴィジの父さんがどんなことをするかなんて、わからないじゃないか。ヴィジは精《せい》いっぱいのことを――」

「ラクが死んだのはあたしに責任《せきにん》があるのよ」

「未来《みらい》のことなんかわからないのに責任があるのか？　ヴィジが責《せ》められるなら、おれたちも同じだ。クズ屋のおやじが追いかけてくるんじゃないかって、ヴィジがいったときにおれが信《しん》じていれば、あんな蚊《か》だらけの墓地《ぼち》に逃《に》げこまなくてもよかったかもしれない。ムトゥがセリーナおばさんから逃げ出していなければ、ここにもっと早く来ていたかもしれない」

そういわれても心は晴れない。あたしは流しになべをたたきつけた。「ラクにもどってきてほしいの！」

「やめろ」アルルはあたしの手からなべを奪《うば》い取《と》った。「おれだって悲しい。ムトゥもだ」

「あんたたちのきょうだいじゃないでしょ！　あたしの姉さんよ。あたしの。あたしはもうひとりぼっち」

「ひとりぼっちなんかじゃない、ムトゥもおれも」アルルは叫《さけ》んだ。「孤独《こどく》の海でおぼれ死にたいならそうしろ。だが、ラクはおれたちのきょうだいじゃない、なんていうのだけはやめろ。おれたちはただの友だちじゃない、家族だ」

あまりの激《はげ》しい口調に、あたしはショックを受けた。

「失《うしな》っていないものを見ることから始めるんだ」アルルはいった。「今持っているものに感謝《かんしゃ》することから始めるんだ」

「感謝？」変《へん》な息が口からもれた。「アルルはいつも感謝しているよね。だれかにナイフで刺《さ》されても、感謝するんじゃない？　だけど、あたしには感謝するようなことなんて、なんにもないよ」

「あるさ」アルルは石けんの泡《あわ》だらけのあたしの手を取った。「このホームにいるからこそ、人生をよりよくできるチャンスがあるんだぞ。それにセリーナおばさんがいる。おれもいる。ムトゥもいる。なにより、自分自身がいる」

「自分自身？」

「そうだ。さあ、怒《おこ》って久《ひさ》しぶりにでかい声を出したから、気分もずっとよくなるだろう——見ててみな」

アルルのいうとおりだった。

その夜、台所をあとにしたあたしは、初《はじ》めてラクに手紙を書きたいって思ったの。

イースターが来たとき、あたしはついに、アルルとムトゥといっしょにラクのお墓《はか》へ行くことにした。墓石の上には、花ではなく、セリーナおばさんがくれたチョコレートのイースターエッグをそなえた。

「生きていたら、ラクはすごく気に入っただろうね」ムトゥがいった。「甘《あま》くてべたべたしてて、大好《だいす》きな緑色のホイルに包《つつ》んであるんだから」

「あんたたちがいつもそなえてくれているお花も、すごく気に入ったと思う」

ラクが葬《ほうむ》られている墓地《ぼち》を出ると、アルルは、イースターは新しい始まりを祝《いわ》うお祭りだといった。でも、絶対《ぜったい》にそのままで変《か》わらないこともあるよ、ラク。

あなたはもう絶対にもどってこない。

40 希望《きぼう》

「これから出かけるんだけど、あなたにもぜひいっしょに来てほしいの」セリーナおばさんは翌日《よくじつ》、あたしにいった。「だから今日の勉強は、なしでいいわ」

あたしは無関心《むかんしん》をよそおうように肩《かた》をすくめた。でも内心はうれしくてたまらない。特《とく》別《べつ》なごほうびとして、どこかへ行くおともにあたしを選《えら》んでくれたんだもの。

おばさんが車を運転して着いたところは、三階《がい》建《だ》ての白い小さな建物《たてもの》だった。町の騒音《そうおん》やにぎわいの真ん中にあるのに、ここは静《しず》かで落ち着いている。車を駐車《ちゅうしゃ》させながら、セリーナおばさんはいった。「ここはラクのような子どもたちのための学校よ」

「ラクのような子どもたち?」あたしは思わずカッとして叫《さけ》んだ。「ラクのような子なんかいない! ひとりも!」

「ヴィジ? わたしのいい方が悪かったわ」セリーナおばさんはくちびるをかんだ。「あなたのお姉さんのような人は世界じゅうにひとりもいない。そういう意味でいったんじゃなかったの。ごめんなさい」

あたしは涙《なみだ》がこぼれないように、まぶたをぎゅっと閉《と》じていた。

「わたしには妹がいるのよ、ヴィジ。障害《しょうがい》があるの」

目をパッとあけた。

「あなたたち姉妹《しまい》ほどには貧《まず》しくなかったけれど、お金持ちでもなかった。妹はこの学校に通ったの。知的障害《ちてきしょうがい》や発達障害《はったつしょうがい》のある子どもたちのための学校よ」

あたしはしばらくなにもいえなかったけれど、おばさんの言葉は、あたしの固《かた》く閉じた心を開くかぎとなった。「妹さんは今、どこにいるんですか？」

「印刷所《いんさつじょ》で働《はたら》いているわ。以前《いぜん》は町の反対側《はんたいがわ》でひとり暮《ぐ》らしをしていたんだけれど、最近《さいきん》結婚《けっこん》して、遠くへ引《ひ》っ越《こ》してしまったの。会えるときにはできるだけ会うようにしているのよ」

「いつか、妹さんに会わせてもらえますか？」

「もちろん。さあ、中へ入る準備《じゅんび》はできた、ヴィジ？」

「はい。さっきは大きな声を出してすみませんでした」

学校の中ですれちがう人はみんな、にっこりして手を合わせてあいさつしてくれた。だれもがセリーナおばさんを知っていて、好《す》きみたいだった。

あたしたちは事務室《じむしつ》へ通された。壁《かべ》にヒンドゥー教《きょう》の神様ガネーシャの絵がかかっていて、その下の机《つくえ》に、若《わか》くて細い女性《じょせい》がすわっていた。あたしたちを見るとその人は飛《と》び上《あ》がるように立ち、両手を合わせてあいさつした。

「ヴィジ、こちらが校長のドクター・ダナムよ」セリーナおばさんがいった。

「ダナムおばさんと呼《よ》んでちょうだい、ヴィジ。いっしょに来て。案内《あんない》してあげるわ」

ふたりでダナムおばさんについていくと、日の光のさしこむ、天井《てんじょう》の高い部屋へ来た。入り口で立ち止まって、中をのぞきこむ。

あたしと同い年くらいの男の子が床《ゆか》に腹《はら》ばいになって、大きな紙に絵を描《えが》いている。七、八歳《さい》の小さい女の子が色のついた積《つ》み木《き》で遊んでいる。部屋の真ん中ではいろんな年《ねん》齢《れい》の子どもが数人、床に敷《し》いたござにすわって、あぐらをかいた白髪《しらが》の先生が絵本を読み聞かせするのを聞いている。何人かがものめずらしそうにあたしたちを見上げた。

ラクもここにいられたらよかったのに。この学校に入っていたら、ちゃんと見てくれる先生たちから学ぶことができたのに。静《しず》かな涙《なみだ》があふれて、ほおを流れ落ちた。

あたしが泣《な》いていることにはだれも気がつかないようだったけれど、積《つ》み木《き》をしていた女の子が気づいて、つかつかとやってきた。

「泣かないで」女の子はきっぱりといった。「いっしょにあそぼ」

「ありがとう」あたしは一所懸命《いっしょけんめい》、涙《なみだ》をのみこんで、声を出した。「ちょっと遊ぼうか」

「どうしてありがとうなの？」女の子は混乱《こんらん》したようにおでこにしわを寄《よ》せた。「あたし、なんにもあげてないよ」

「悲しかったの。でも、あなたがなぐさめてくれたから」

「なぐさめた？」女の子の顔は月のように輝《かがや》いた。ぽっちゃりしたほおに、えくぼができた。「あたし、この人、なぐさめたよ」女の子はダナムおばさんにいった。「でも、この人だれ？」

「ヴィジよ」セリーナおばさんがいった。

「あたしはラリザ。こっち来て」ラリザはあたしの手をつかみ、お絵かき道具がいっぱい置《お》いてある棚《たな》につれてきた。

「お絵かきしよう」ラリザがそう決めた。「よごさないように、床《ゆか》に新聞紙を敷《し》くんだよ」ふたりで新聞紙を広げ、お絵かきに取りかかる。あたしはすぐに始めた。ラリザはというと、筆を一本選《えら》んで、なにか考えながら柄《え》のはしをかんでいる。

あたしは筆に絵の具をつけ、太陽を描《か》こうと思って黄色い円を描《えが》いた。ラリザがじっと見ているから緊張《きんちょう》しちゃう。だって絵はあんまり得意《とくい》じゃないんだもん。

太陽から出ている光線を描いたら、ヨロヨロした線になってしまった。おまけに、うっかり青い絵の具を下のほうにたらしてしまったので、ぬり広げて川にした。その川には橋もかけた。橋の上に、棒《ぼう》のような人間を四人描いた。

「それなあに？」ラリザが人間のひとりをさした。

「人よ」あたしはいった。

「あなたは人。あたしも人」ラリザはあたしに向けた指をふった。「それは人じゃない」

「これ以上《いじょう》うまく描けないの。ラリザはなにを描く？」

「あたしはうまく描けるよ。見てて」ラリザは紙の右上に、大きな黄色い丸をぬった。

「それは太陽？」あたしは聞いた。

「ちがうよ、ヴィジ。太陽は外でしょ。これはただの大きい黄色い水玉」

「ほんとだ」あたしはにっこりした。

そこでふたりで、丸や線やいろいろな形を描いていった。床《ゆか》にも絵の具が飛《と》び散《ち》ってしまったので、モップでふいて、そのあとぬれた床《ゆか》をすべったりして、またはしゃいだ。

「こんなに楽しいお絵かきの時間は初《はじ》めてだったわ」帰る時間になったのであたしはラリザにいった。「ありがとう」

「また来てね。もっとたくさん教えてあげる」ラリザはいった。


帰りの車の中で、あたしはセリーナおばさんにいった。「またあそこに行ってもいいですか？　あの学校で仕事ができたらいいんだけれど」

「ええ、もちろん」セリーナおばさんはいった。「先生方が忙《いそが》しいときに補助《ほじょ》の仕事ができるように、話してあげましょう。読み書きとか絵や工作とかのお手伝《てつだ》いはできるわね？　もしかしたらいつか、あそこで先生になれるかもしれないわよ」

ラクが死んでから、あたしは先生になりたいという夢《ゆめ》を封印《ふういん》してきた。でもセリーナおばさんの言葉で、またその夢が輝《かがや》きだした。遠くかすかに見えるだけだけれど、たしかに光っている。失《うしな》われてはいないのだ。

41 橋

「散歩《さんぽ》に行こう」その日の午後、大工の見習いから帰ってきたアルルがいった。

「だめだよ」ムトゥが顔をしかめた。「『ぼくは先生に口答えしません』って、百回書かなくちゃならないんだ」

「なんで？　いったいなにした？」アルルはいった。

「けさ、プリーヤおばさんがこういったんだ。くだもの屋さんが二十ルピーですといったので、五十ルピー札《さつ》をわたしました。あといくら残《のこ》っていますか？　それでおいらこういったんだ。店の人が二十ルピーっていってるのに五十ルピー払《はら》うなんて、そんなばかばかしいことはありえない。もっとまけさせるから、店の人がいう値段《ねだん》より多く払うなんてことはない！　って。そしたらカンカンに怒《おこ》っちゃってさ。でもおいら、値段をまけさせる方法《ほうほう》を勉強するのも、引き算の勉強と同じくらい大事だっていった。ほかのみんなも、そうだそうだっていってくれたのに、プリーヤおばさんはますます怒って、おいらだけにこの宿題を出したんだ」

アルルはムトゥに、よけいなもめごとを起こしてはいけないってお説教《せっきょう》を始めたけれど、あたしはムトゥににやっと笑《わら》いかけた。また元気になってくれてよかった。

アルルがどこへ向かっているのかわかると、あたしは立ち止まった。でもアルルは引き返させてはくれなかった。

まもなくカティが暮《く》らしているお屋敷《やしき》に着いた。カティは庭にいた。

カティの毛はきれいに手入れされて、絹《きぬ》のサリーのように日の光に輝《かがや》いている。門を通して、プラバと遊んでいるカティを見ていた。庭師《にわし》はどこにもいない。

プラバがボールを投げると、カティは飛《と》び上《あ》がって空中でキャッチした。プラバがカティをやさしくたたき、カティは、以前《いぜん》ラクを見つめていたような目でプラバを見つめながら、手をなめた。

「どうしてここへ来たの?」あたしはアルルに聞いた。「カティはもうラクのことなんか恋《こい》しがっていないよって、見せるため?」

腹《はら》を立てて立ち去ろうとしたとき、カティが顔を上げて、門のほうへかけてきた。ワンワンほえながら、しっぽを激《はげ》しくふっている。速すぎて見えないくらいだ。追いかけてきたプラバは、あたしたちを見ると門をあけてくれた。カティがジャンプしてあたしのひざに飛《と》びついてきたので、よろけてしまった。こんなに大きくたくましくなったんだ。あたしはカティといっしょに転がって、しっぽにバンバンたたかれた。

「ヴィジ！」びっくりした、この子、あたしの名前覚《おぼ》えている。「この前みたいに、きたない格好《かっこう》していないじゃない」なんだかがっかりしているみたい。「どうしたの？」

「仕事を替《か》えたの」あたしはいった。

「ラクはどこ？」と、プラバ。

「来られなかった」カティの毛に顔をうずめる。清潔《せいけつ》ないいにおい。

「あたしの部屋にカティのベッドを作ったのよ。見たい？」プラバが聞いた。「毎日犬のビスケットをあげて、週に一回は特別《とくべつ》な犬のシャンプーで洗《あら》って――」

「犬のシャンプー？」犬用の特別なビスケットのほかに、特別なシャンプーまで？

「いらっしゃいよ。見せてあげる」

「今は時間がないの」あたしはいった。プラバのお母さんがいくら親切で、あたしは前よりずっと清潔だとはいっても、あたしが家の中に入るのは、お母さんはいやかもしれないから。それに、カティが楽しく暮《く》らしていることがわかっただけで十分だ。

カティは片方《かたほう》の前足をあたしの足の上に置《お》いて、行かないでといっているみたい。でもあたしは、カティの耳のうしろをかいてから立ち上がった。

「行きなさい、カティ。おうちにお帰り」あたしはいった。

「こんどはいつ来てくれる？」プラバがたずねた。

「いつか。きっと」アルルがいった。

あたしたちが去っていくとき、カティはクーンクーンと小さく鳴いていたけれど、ついてこようとはしなかった。今はここが自分の家だとわかっているんだ。

「カティが幸せかどうか、知りたいんじゃないかと思ってさ」アルルがいった。

「前にも来たの？」

「一度だけね」と、アルル。「それで大事なことが二つわかったんだよ、ヴィジ。カティはまだおれたちのことが大好《だいす》きだ。だけど、いくら好きでも、今の暮らしをやめてあともどりすることはない。人生はそういうふうに、前に進んでいくものだからさ」

帰り道、あたしたちはあの橋へ寄《よ》った。

テントを張《は》った場所を探《さが》したけれど、ここだとはっきりはわからなかった。すずしい風に川は波立ち、沈《しず》む夕日で空がそまっている。

「もう行かなくちゃ」アルルがいった。

「もうちょっとだけ」と、あたし。ラクが話しかけてくれるなら、その声が大きくはっきり聞こえるのはこの場所だって、心のすみで思っているの。いちばん幸せな家だった、この橋の上だって。

あたしはラクの名前を何度も何度もささやいた。でも、返事はなかった。もしかしたら聞こえなかっただけかもしれない。あたしに聞こえるのは、とめどなく岸に打ちつける川の音だけ。

「すっかりおそくなった」アルルがいった。「さあ行こう」

セリーナおばさんとムトゥが玄関前《げんかんまえ》の庭に立って、暗い通りのあちこちに目をこらしている。あたしたちがもどってきたのを見つけると、ムトゥはブンブン手をふり、セリーナおばさんは門まで走るようにやってきて中へ入れてくれた。

「ああ、よかった、無事《ぶじ》に帰ってきてくれて」おばさんがいった。「いったい今までなにをしていたの？」

「だからだいじょうぶだっていっただろ、おばさん」と、ムトゥ。「なんでそんなに心配だったの？　おいらがついていなくて、アッカとアルルが暗くなるまでふたりきりで外にいるのが初《はじ》めてだったから？」

「まあ、そういうこと」おばさんはムトゥの髪《かみ》をくしゃくしゃすると、あたしたちに笑《わら》いかけた。「だけどお願《ねが》いだから、こんどおそくなりそうなときには、前もっていってちょうだい、心配だから」

あたしは、わかりましたと約束《やくそく》した。

セリーナおばさんとムトゥが心配してくれていて、無事《ぶじ》に帰ってきたことを喜《よろこ》んでくれた。そう考えるとうれしくなった。

みんなで橋から逃《に》げて以来《いらい》初《はじ》めて、あたしは家に帰ってきたという気持ちになった。

42 過去《かこ》と現在《げんざい》

けさ、お祈《いの》り集会のあと、セリーナおばさんがちょっと来てと手まねきした。

「またこんどうなことにならなきゃいいけれど」アルルがささやいた。

「今日はちゃんとお祈りしてたぜ」ムトゥが走ってきて味方になってくれた。「見たもん。おいら、いってやるよ、アッカ」

「ありがとう、ムトゥ」あたしはムトゥの髪《かみ》をくしゃくしゃした。「助けてほしいときには呼《よ》ぶね」

あたしはセリーナおばさんのあとについて部屋へ入った。

「勉強に遅刻《ちこく》させてごめんなさい。じつはその勉強のことで話したいことがあるの」おばさんは机《つくえ》の上でペンをもてあそんでいる。「ここはとてもいいところで――」

「すばらしいところです」あたしはいった。

「あなたの口からその言葉を聞けてうれしいわ、ヴィジ。ここの生活によくなじんでくれて、安心しているの。でもね、そろそろ別《べつ》のところへ移《うつ》ったほうがいいかもしれないと思っているのよ」

「どういう意味ですか？」

「ここの先生方は、あなたくらいの年長の子を教えたことがないの。それに、読んだり書いたりだって、あなたはもう先生と同じくらいできるわ。もっと大きい学校へ行けば、もっとたくさんのことを学べるし、設備《せつび》も調《ととの》っているし」

「出ていけってことですか？」

「そうはいっていないわ。ここはずっとあなたの家よ、ヴィジ。ムトゥやほかのみんなにはいつでも会いにきていいの。でもね、全寮制《ぜんりょうせい》のいい女子校があって、前にもここにいた子の何人かが行ったの。校長先生にお話ししたら、いつでもどうぞって」

「あたしは行くなんていっていません」

「そうね」おばさんはあたしの目をじっと見た。「でも、いつか学校の先生になりたいって本気で思っているんだったら、ここでの勉強より、もっとたくさんのことを学んだり、ずっといい教育を受ける必要《ひつよう》があるわ。よく考えてみてくれる？」

どうしてこんなことになるの、ラク？　ここが自分の家だって思い始めたとたん、セリーナおばさんによそへ移《うつ》りなさいっていわれるなんて。ここから出ていくことになるのよ。もちろん、セリーナおばさんが用意してくれたチャンスを、喜《よろこ》んで受け取らなくてはいけないってわかってる。

ただ、あたしは行きたくないの。ラクがいなくなった今、あたしに残《のこ》された親友ふたりからも離《はな》されるなんて、そんな心の準備《じゅんび》はできていない。

今はまだ。

その日の夕方、アルルとあたしはベンチにすわって、ムトゥが小さい子どもたちを追いかけるのを見ていた。子どもたちはかん高い声でキャッキャッと笑《わら》っている。ムトゥがこんなに元気を取りもどして、笑いながらやじを飛《と》ばしているのを聞くのはうれしい。

ムトゥがやってきていっしょのベンチにすわったので、あたしはセリーナおばさんとどんな話をしたのか、話し始めた。「あたし、学校へ入ったほうがいいって――」

「ここだって、学校じゃん」ムトゥがいった。

「もっと大きな学校」あたしはくわしく話した。

「すごいじゃないか！」アルルがあたしの背中《せなか》をどんとたたいた。

「あたしが行っちゃうって聞いて、そんなに喜《よろこ》んでくれてありがと」走りまわる子たちをながめながら、あたしはいった。「だけど、行きたくないんだ」

「おいらだって行ってほしくない」と、ムトゥ。「ここにいなよ、アッカ。アルルのいうことなんか気にすんな」

「ばかなことをいうんじゃない」アルルはほほえみを残《のこ》しながらも、すっかりまじめな顔つきになった。「ヴィジは行くべきだ。行って、夢《ゆめ》をかなえるべきだ」

「あたしが行っちゃったら、だれがムトゥのめんどうを見るの？」あたしはいった。

「めんどうなんか見てもらわなくていいよ」ムトゥは顔から落っこちそうなくらい、くちびるをとがらせた。「いいよ、行っちゃっても。ほんとはいやだけど」

「あたしもいやよ、そんな学校。ほかの生徒《せいと》はみんないい服着ているだろうし――」

「きっともっといい友だちができる」アルルがさえぎった。「もっといい家族も――それに、おれたちはいつだってここにいる」

それには反論《はんろん》できなかった。あたしはふたりの体に腕《うで》をまわし、ぎゅっと引《ひ》き寄せた。

43　父さんが来た

翌朝《よくあさ》、父さんがホームにやってきた。

もちろん、天のお父さまなんかじゃない。

「どうしてここにいることがわかったのかな？」父さんが会いにきたとセリーナおばさんにいわれたとき、あたしは聞いた。おばさんの返事はこう。「手紙を書いたの」

おばさんはいった。「会いたくなければ、無理《むり》に会う必要《ひつよう》はないけれど」

「会います」と、あたし。

「わたし――か、ほかのだれかが、同席《どうせき》したほうがいい？」

「こわくありません」もし今、面と向かって会わなかったら、いつかあたしが安全なところにいないときに、無理やり引っぱっていかれちゃうかもしれない。「ひとりで会います」

「思ったとおりにしてね」セリーナおばさんは、父さんが待っている部屋を示《しめ》した。「力ずくでつれていくようなことはさせません。でも、もちろんあなたが帰ろうと決めたなら、それはあなたの自由よ」

背筋《せすじ》をピンとのばし、少々首に力を入れすぎかもだけど、あたしはお姫《ひめ》さまのような足取りで部屋へ入った。「なんの用?」と、父さんにいった。

父さんはプレゼントの包《つつ》みをさし出した。あたしをつれもどすにはこれで十分だと思ってるみたい。父さんの指には黒々とした指毛が生えている。父さんの手があたしのほっぺたをなでた。むちのように速く、革《かわ》のように固《かた》い。

「これはいらない。父さんからはなんにもいらない」あたしはいった。

父さんの目が怒《いか》りでぎらついた。「おまえはおれの娘《むすめ》だ。おれのものだ。望《のぞ》もうが望むまいが、おまえたちふたりをつれて帰るぞ」

「それは無理《むり》。もうふたりじゃないから。ラクは死んだの」

「なんだって?」父さんは目を丸くして、かすれ声でいった。「うそだろう」

「うそじゃない。そんなうそ、つくわけないでしょ!」

父さんの口から変《へん》な音が出た。怒りと苦しみがまざったようなうめき声だ。手がぶるぶるふるえている。父さんは包みをセリーナおばさんの机《つくえ》に放り投げた。

セリーナおばさんやアルルから、神様やイエスについてさんざん話を聞いてもなんとも思わなかったのに、そのときあたしはちょっと変《か》わったかもしれないと感じた。というのも、父さんが両手をだらんとさせて背中《せなか》を丸めているようすに、かわいそう、と思ったからだ。

道で犬のけんかを見たことがある。うなったり飛《と》びかかったり。とうとう一匹《ぴき》が降参《こうさん》して、うしろ足のあいだにしっぽをしまいこんだ。あごが胸《むね》につくくらいうなだれている父さんの姿《すがた》に、その犬を思い出した。

そんなふうに立っている父さんを見て、あたしは父さんより大きくなったと思った。気《き》の毒《どく》になったので、父さんが持ってきた包《つつ》みをあけた。中には二つのものが入っていた。手彫《てぼ》りの木のペンダント。それから、マラパチにそっくりな手彫りの人形。

「父さん──ラクのために新しい人形を作ったの?」信《しん》じられないけれど、たしかにこの手の中にあるのは、マラパチにそっくりな人形だ。マラパチも父さんが作ったものだったんだ。

「そうだ。ラクのために作った」父さんはひざまずいて、両手を組んだ。「帰ってきてくれ。お願《ねが》いだ。もう一度チャンスをくれ。もう二度と、けっして、暴力《ぼうりょく》をふるったりしない」

父さんはふるえながらすすり泣《な》き、あたしは父さんの肩《かた》に手を置《お》いた。

父さんの目からは涙《なみだ》がとめどなく流れ、ほおをくねくねとつたってあごの無精《ぶしょう》ひげへと消えていく。

突然《とつぜん》、許《ゆる》してあげようという気持ちがわいた。そこまでいうならという哀《あわ》れみと希望《きぼう》の入りまじった、奇妙《きみょう》な気持ちだった。この気持ちと闘《たたか》わないと、洪水《こうずい》でおぼれてしまいそう。

どうして父さんがあやまるたびに母さんは許していたのか、きっとこんな気持ちだったんだと、やっと理解《りかい》できた。こなごなにくだけちった父さん像《ぞう》をつなぎ合わせたい。どうにかすれば事態《じたい》はよくなると思いつづけたい。父さんが地面にひざまずいているのを見て、母さんもあたしと同じように、かわいそうだと思ったにちがいない。

だってこの瞬間《しゅんかん》、父さんは本当にそう思っているから。本当にいい人間になりたいと思っているから。

あたしはもう少しで、母さんと同じことをするところだった。自由と、手に入れられる未来《みらい》を、あきらめるところだった。

そのときよ、ラク、あなたの声が聞こえたのは。

「だめ」ラクがいった。「ここにいて、ヴィジ」

ラクの声は、哀《あわ》れみの霧《きり》をまっすぐ切りさく、灯台《とうだい》の光のようだった。

「いいえ」あたしは冷静《れいせい》な声でいった。全身、冷静だった。「今はここが家なの」

「怒《おこ》らないでくれ。なんでもやるから、望《のぞ》むものはなんでも――」

「あたしの未来《みらい》はここにあるのよ、父さん」

父さんはこぶしをにぎりしめ、またほどいた。

「母さんに愛《あい》してるって伝《つた》えて。それから、もう絶対《ぜったい》、絶対、母さんに指一本ふれないで」

「わかった」父さんは頭を下げた。「また会いにくるからな」

「母さんをつれてきて」あたしはいった。「母さんと会いにきて」

「約束《やくそく》する」父さんはいった。

この永遠《えいえん》とも思える時間の中で初《はじ》めて、父さんの武骨《ぶこつ》な手があたしのあごにやさしくふれた。父さんはそのままずっと、あたしの目を見つめていた。

それからやっと手を離《はな》し、部屋から出ていった。足取りは規則正《きそくただ》しく、足音はやわらかかった。

父さんが約束を守ってくれますように。たとえ守ってくれなくても、父さんが来たことであたしの心は軽くなった。

父さんがあたしの怒《いか》りを取りのぞいてくれたようだ。ずっと胸《むね》の中《なか》で押《お》しつぶされていた怒りを。怒りがなくなってみると、心がもっと広くなったような気がした。

父さんが帰ったあと、あたしはセリーナおばさんのところへ行った。おばさんはどうなったか心配して待っていた。

「おばさんがあたしを行かせたがっていた全寮制《ぜんりょうせい》の女子校のことですけど、あたし行きます」

「よかった!」おばさんはこぶしをもう片方《かたほう》の手のひらにぶつけた。「すばらしいわ。あなたならあそこできっと楽しく過《す》ごせる。とっても誇《ほこ》らしいわ」

それからあたしたちふたりは、ただそこにすわって、見つめ合ってはにこにこ笑《わら》っていた。

夕食のとき、あたしはアルルとムトゥに、父さんが会いにきたこと、そして意外にもうまくふるまえたことを話した。

「ヴィジには希望《きぼう》がある」アルルがいった。「イエスが届《とど》けてくださっているんだ」

「ううん、ラクの声が頭の中で聞こえたの。イエスの声じゃなくて」あたしはいった。

「頭の中じゃなくて、心の中でラクの声を聞いたんだろう」と、アルル。

ラクは天国にいてどうのこうのっていう、アルルのお説教《せっきょう》が始まるなと覚悟《かくご》して、あたしはごはんを口いっぱいにつめこんで、もぐもぐしていた。

だけど、アルルはこういっただけ。「ラクがまだ生きているとして、そこはヴィジの中だけだと思うなら、ヴィジはなにをするべきかわかるだろ？」

「なに？」

「ラクを愛《あい》したのと同じように、自分自身を愛さなくちゃならない。自分自身を許《ゆる》すことができたから、父さんをも愛することができたようにね」

「ほんというと、愛かどうかはわからない」と、あたし。「それはともかく、ふたりにはもう一つ話があるの」

「なんだい？」ムトゥがいった。

「あたし、セリーナおばさんが話していた学校に行くことにしたの」

ムトゥはべーっと舌《した》をつき出したけれど、アルルは喜《よろこ》びの声を上げた。

「やった！　人生の可能性《かのうせい》が広がるな」アルルはいった。

「うまくいかなかったらどうしよう？」あたしはおどおどした声でいった。

「そしたら帰ってくればいいよ」と、ムトゥ。「うまくいかなきゃいいな」

「ばかなことをいうな」アルルがいった。「ヴィジは望《のぞ》みどおり、先生になるんだ。そして、おれたちみたいな子どものための学校を作るんだよな」

「その学校、どんな名前にするの？」もうそんな学校を建《た》てているみたいに、ムトゥが聞いた。

「天のお父さまにちなんだ名前にすれば？」アルルがいった。「覚《おぼ》えてる？　天にませませ　われらの父よ、みながなんとかかんとかって」

アルルが神様のことで冗談《じょうだん》をいうなんてびっくりした。それであたしはまじめな顔でこういった。「みんなの名前をもらうわ。ラク、ムトゥ、そしてアルル」

「おいらの名前も？」ムトゥはにやっと笑《わら》った。「それじゃ、もうちょっと勉強にも身を入れようかな」

44　ラクがどこにいても

ラク、あなたに手紙を書きながら、あたしは旅をしていた。今、もどってきたよ。

ラク、ミミズを助けようとして道にしゃがんだでしょ。あのとき背中《せなか》に打ちつけた雨の感触《かんしょく》、あたしはまだ覚《おぼ》えてる。

〈光《ひかり》のフェスティバル〉の爆竹《ばくちく》をこわがるカティを、やさしく抱《だ》きしめて、歌うように語りかけていたね。まだ聞こえるよ。

浜辺《はまべ》で風船屋さんに、自分で稼《かせ》いだお金をわたしたよね。あのときの誇《ほこ》らしげな笑顔《えがお》、まだ目に焼《や》きついている。

ビーズのネックレスを仕上げるとき、集中すると歯のあいだからちょろっと出る舌《した》。

庭師《にわし》が投げてよこしたオレンジを持つ指先。

たいせつにしていた人形をバスの運転手に投げつけて、あたしを危険《きけん》から守ってくれたラク。

橋の上で、ムトゥといっしょにおなかをかかえて笑《わら》っていたラク。力強い笑い声だった。思い出すだけで、今でも顔がほころぶよ。

書くことって、不思議《ふしぎ》なのよ。今日はこの手紙を書きながらわかったことがあるの。なにかが起きたとき、あたしは逆《ぎゃく》の見方をしていたことがあったなって。

あたしはずっと、ラクのめんどうを見てきたと思っていたけれど、たいてい逆だったたってわかったの。

ラクはあたしに力をくれた。

うそをついてごまかさないことを教えてくれた。

小さな奇跡《きせき》を見せてくれた。

苦しいときには笑ってくれた。

あたしたちはほんとにいいチームだった。

ラク、あたしはこれから、あなたの笑い声を抱《だ》きしめながら、前に進んでいくね。

ラクを愛《あい》しつづけるけれど、過去《かこ》ではなく、今を生きるからね。

前に進むことは、ラクを置《お》いていっちゃうことではないって、やっとわかったの。

それから、ラクの人生は短かったけれど、どんなふうに生きたかが大事だと思う。楽しいときがたくさんあったし、お互《たが》いに愛《あい》し合《あ》った。思い出はまだ輝《かがや》いている。あたしの心の中で、あたしたちは今もこれからもいっしょだよ。

だから、ラク、あたしは心をたいせつにして生きていくね。そして、頭の中でたくさん想像《そうぞう》するよ。

新しい友だちのラリザが大きくなって、自立して生活できるようになって、アルルやムトゥと大笑《おおわら》いしているところ。あたしも大人になって、ついに先生になっているところ。ラクがすてきなお城《しろ》で冷《つめ》たいソーダを飲んで、ムトゥよりも大きなげっぷをしているところ。

あたしが〈大好《だいす》きだよ、ラク〉っていうのを、ラクが聞いているところ。

あんまり一所懸命《いっしょけんめい》想像していたら、ラクがポンポンとたたいてくれる感触《かんしょく》がよみがえってきたよ。明るい笑顔《えがお》も見える。そして、すぐにこういってくれる声が聞こえた。

〈ラク、ヴィジだいすき〉

作者あとがき

わたしがインドで子ども時代を過《す》ごしていたとき、わたしの母のようなシングルマザーはまわりにはいませんでした。経済的《けいざいてき》にはとてもきびしかったのですが、母はいつも慈善《じぜん》活動《かつどう》に時間と労力《ろうりょく》をそそいでいました。とくに、わたしよりもさらに恵《めぐ》まれない子どもたちに、教育の機会《きかい》を与《あた》えることに熱心《ねっしん》でした。わたしはやがて、ザ・コンサーンド・フォー・ワーキング・チルドレン（児童労働《じどうろうどう》を憂慮《ゆうりょ》するインドのNGO《エヌジーオー》）の仕事を知るようになりました。今ではこの組織《そしき》は大きくなり、ノーベル平和賞《へいわしょう》にノミネートされるまでになりました。わたしはまた、ニルバーグの村の学校や、漁師の子どもたちのための夜間学校や、ロマの子どもたちのための学校を訪《おとず》れ、モバイル・クレッチーズやCRY《シーアールワイ》といった児童養護組織《じどうようごそしき》の職員《しょくいん》たちと出会いました。アメリカへ移住《いじゅう》してからも、今わたしが享受《きょうじゅ》しているような恩恵《おんけい》を受けられない子どもたちの問題に、関心を持ちつづけています。ここ数年は、母や親戚《しんせき》たちといっしょに、V《ブイ》－エクセル教育トラストなどから援助《えんじょ》を受けている、インドの学校や児童ホームを訪れています。作中のセリーナおばさんの児童《じどう》ホームはそれらにもとづいて書きました。

どこもよい取り組みをしていますが、それでもなお多くの子どもたちが問題に直面しています。理解不足《りかいぶそく》、資金不足《しきんぶそく》、思いやりの不足によって引き起こされる問題です。本作では実際《じっさい》に子どもたちが体験《たいけん》したことを、一人称《いちにんしょう》の語りで描《えが》いています。わたしは書くにあたって、大人や子どもに話を聞くだけでなく、かれらによってくわしく書かれた日記も、おおいに参考《さんこう》にしました。たくさんの子どもたちがうちに来てくれて、母を信用《しんよう》して秘密《ひみつ》を打ち明けてくれました。神様なんて本当にいるの？　と深刻《しんこく》な顔で聞く子もいました。わたしは日記に書かれた子どもたちの苦闘《くとう》の物語をきちんと記録《きろく》し、その日記は十代の終わりにインドを離《はな》れるまで保管《ほかん》していました。ヴィジというキャラクターは、インディラという若《わか》い女の子がモデルです。インディラはわたしの「アッカ」（姉）だといっていて、よく夜に、わたしの母と長い時間を過《す》ごしながら、子どものころに経験《けいけん》した恐《おそ》ろしい苦難《くなん》について話していました。ラク、アルル、ムトゥのキャラクターも、わたしの知っている子どもたちがモデルです。この物語のもとになった人々への敬意《けいい》から、わたしは実際に起こった出来事《できごと》を基本的《きほんてき》に変《か》えることはしませんでした。かれらの思い出と人生を尊重《そんちょう》したいと願《ねが》えばこそです。

インドでは驚《おどろ》くほどの数の子どもたち——何百万人も——がホームレスです。都市部では、ムトゥより年下の子どもたちが、路上でなんとかやりくりして生きている光景《こうけい》はふつうに見られます。ヴィジのように家庭内暴力《かていないぼうりょく》から逃《に》げ出《だ》して、よりよい人生を見つけようとしている子どももいれば、捨《す》てられた子どももいます。ホームレスの子どもたちは、カーストや、男女の別や、障害《しょうがい》や、民族《みんぞく》のちがいなどから、しばしば差別《さべつ》を受けます。こうした子どもたちの多くは、自分の力で生活費《せいかつひ》を稼《かせ》ぐことに誇《ほこ》りを持ち、はかない自由にしがみつくために闘《たたか》っています。よくある仕事といえば、ごみをより分け、リサイクルできるものを拾って売ることです。〈ごみ拾い〉の子どもたちの稼ぎは一日一ドル（約百円）にもなりません。かれらが働いて得《え》る収入《しゅうにゅう》は非常《ひじょう》に少なく、驚《おどろ》くほどわずかなお金で暮《く》らさなければならないのです。さらに不幸《ふこう》なことに、常《つね》にもっと恐《おそ》ろしい危険《きけん》にさらされています。この子たちをつかまえて奴隷《どれい》のように酷使《こくし》しようとする大人たちが、おおぜいいるのです。

飢《う》えや貧困《ひんこん》は、南アジアだけの問題ではありません。世界中の何億人という子どもや大人が直面する問題です。世界のいたるところに、まともな食べ物や衣服《いふく》や家もなく、教育も受けられず、終わりの見えない困難《こんなん》に苦しむ子どもたちがいます。暴力にさらされることもたびたびです。この作品を書いているとき、アメリカにもひどい状態《じょうたい》の子どもたちがいることに気がつきました。わたしが住んでいるロードアイランド州《しゅう》には、飢《う》えに苦しみ、住む場所がない子どもたちが今でもいるのです。

この物語に登場する四人より、もっとずっときびしい状況《じょうきょう》にあっても、強く生きている子どもたちはたくさんいます。いつの日か、すべての子どもたちが大切に育てられる世界になることを願《ねが》ってやみません。

パドマ・ヴェンカトラマン

著者●パドマ・ヴェンカトラマン

インド、チェンナイ生まれ。母親の影響もあって若い時からＣＷＣ（The Concerned for Working Children）というＮＧＯ組織にかかわり、恵まれない子どもたちのために活動している。ＣＷＣは2012年、2013年、2014年にノーベル平和賞にノミネートされている。

19歳でアメリカへ渡り、大学で海洋学を専攻。作家としてはＹＡ作品を４冊出しており、そのうち“Climbing the Stairs”（『図書室からはじまる愛』白水社刊）は2009年全米図書館協会「ヤングアダルトのためのベストブックス」に選出されている。

訳者●田中奈津子（たなか　なつこ）

翻訳家。東京都生まれ。東京外国語大学英米語学科卒。『はるかなるアフガニスタン』が青少年読書感想文全国コンクール課題図書に、『アラスカの小さな家族　バラードクリークのボー』が厚生労働省社会保障審議会推薦児童福祉文化財に選ばれている。翻訳は他に、『こちら「ランドリー新聞」編集部』『ぼくたち負け組クラブ』『天才ルーシーの計算ちがい』『フレンドシップ ウォー　こわれたボタンと友情のゆくえ』（以上講談社刊）などがある。

講談社 ❖ 文学の扉

橋《はし》の上《うえ》の子《こ》どもたち

2020年11月２日　第１刷発行

著　者――パドマ・ヴェンカトラマン
訳　者――田《た》中《なか》奈《な》津《つ》子《こ》
装　丁――脇田明日香
発行者――渡瀬昌彦

発行所――株式会社 講談社
〒112-8001
東京都文京区音羽 2-12-21
電話　編集　03-5395-3535
販売　03-5395-3625
業務　03-5395-3615
印刷所――株式会社精興社
製本所――株式会社若林製本工場
本文データ制作――講談社デジタル製作

N.D.C.933　255p　20cm　ISBN978-4-06-521442-8